Domination érotique et soumission
Vol. 8

Erika Sanders

Série
Collection de domination érotique

Image de couverture : © krivitskiy- Pixabay, 2025

Première édition : 2025

Synopsis

Est une compilation de romans de forte Contenu BDSM érotique appartenant à la collection Domination et soumission érotique, une série de romans à fort contenu BDSM romantique et érotique.

Cette compilation contient les romans:

- Photographe BDSM.
- Fantaisie BDSM.

(Tous les personnages ont 18 ans ou plus)

Note sur l'auteure:

Erika Sanders est une écrivaine de renommée internationale, traduite dans plus de vingt langues, qui signe ses écrits les plus érotiques, loin de sa prose habituelle, de son nom de jeune fille.

Indice:

Synopsis
Note sur l'auteure:
Indice:
DOMINATION ÉROTIQUE ET SOUMISSION VOL. 8 ERIKA SANDERS
PHOTOGRAPHE BDSM
PREMIÈRE PARTIE L'offre d'emploi
CHAPITRE 1
CHAPITRE 2
CHAPITRE 3
DEUXIÈME PARTIE La salle de l'esclavage
CHAPITRE 4
CHAPITRE 5
CHAPITRE 6
CHAPITRE 7
CHAPITRE 8
TROISIÈME PARTIE Masque doré et robe noire
CHAPITRE 9
CHAPITRE 10
CHAPITRE 11
QUATRIÈME PARTIE Douleur et plaisir
CHAPITRE 12
CHAPITRE 13
ÉPILOGUE
FIN
FANTAISIE BDSM
CHAPITRE I
CHAPITRE II
CHAPITRE III
CHAPITRE IV
FIN

DOMINATION ÉROTIQUE ET SOUMISSION VOL. 8
ERIKA SANDERS

PHOTOGRAPHE BDSM

PREMIÈRE PARTIE
L'offre d'emploi

CHAPITRE 1

Julia était assise dans la pièce sombre de son petit studio de photographie tout en développant des images photographiques.

La photographie a toujours été sa passion et elle en a fait sa carrière.

La jeune fille de trente ans a regardé attentivement la réalisation des images.

Elle les a suspendus pour les faire sécher et a pris un moment pour admirer son travail pour une famille aimante.

Julia a arrêté son travail lorsqu'elle a entendu la cloche sonner après l'ouverture de la porte d'entrée.

Il est allé à la réception et a vu une femme de direction dans la quarantaine, habillée comme quelqu'un qui travaillait dans un bureau très élégant.

"Bonjour," dit Julia avec un sourire chaleureux. "Bienvenue dans mon studio de photographie. Je m'appelle Julia. Comment puis-je vous aider ?"

La femme professionnelle lui rendit son sourire.

"Bonjour Julia. Je m'appelle Catherine."

Ils se serrèrent la main alors que Julia se tenait derrière le comptoir.

"Ravi de vous rencontrer, Catherine. Est-ce que je peux faire quelque chose pour vous aujourd'hui ? Cherchez-vous quelque chose en particulier ?"

"En fait, je le suis. J'adore votre travail. Je pense que vous êtes excellent pour prendre des portraits et capturer des moments spéciaux."

Julia rougit.

"Merci. Êtes-vous ici sur recommandation ?"

"Recherche, en fait. Je pense que les images que vous avez sur votre site Web sont super. Vous êtes une femme très talentueuse."

"Je fais de mon mieux".

"Alors, comment fonctionne ce processus?" Demanda Catherine. "Est-ce que les gens vous contactent, vous disent ce qu'ils veulent, puis prennent des photos d'eux? Je suis nouveau dans ce domaine, évidemment."

"C'est généralement ainsi que cela fonctionne. Parfois, les gens viennent dans mon studio s'ils veulent faire des portraits, ou parfois ils m'engagent pour rentrer chez moi."

"Quel genre de photos prenez-vous habituellement?"

"Cela dépend," répondit Julia. "Si je dois sortir, c'est généralement pour des mariages, des cérémonies, des diplômes, des choses comme ça. Dans mon atelier, je fais généralement des portraits de famille."

"Ça vous dérange si je vous pose une question personnelle?"

"Avant."

"Gagnez-vous beaucoup d'argent en faisant ça?"

"C'est une vie digne."

«Julia, je ne vais pas vous faire perdre votre temps», dit Catherine d'un ton professionnel. "Je cherche à engager un photographe pour une série de séances photo. Je paierai beaucoup d'argent et exigerai une discrétion totale. Toutes les images seront destinées aux adultes."

"Cela ne devrait pas être un problème," répondit Julia avec confiance. «J'ai déjà fait beaucoup de travail nu. Je suis à l'aise avec ce genre de choses.

"Quel genre d'expériences avez-vous à ce sujet?"

«J'ai eu des cours d'art nu à l'université. Dans ma carrière de photographe, j'ai pris des portraits sensuels de nu pour les femmes. C'est une demande assez courante. Je suppose que vous voulez quelque chose comme ça.

Catherine sourit.

"Pas entièrement. Ce que je fais implique un peu plus d'érotisme."

"Est-ce pornographique?" Demanda prudemment Julia.

"Je ne suis pas une personne qui aime étiqueter les choses. J'explore les limites de la sexualité humaine d'une manière très particulière. J'ai des amis spéciaux et j'aimerais que vous documentiez certaines de nos séances avec vos compétences uniques. En tant que photographe "

Julia était un peu perplexe.

"Je ne peux pas. Je suis désolé. Sans vouloir offenser, mais je ne pourrais probablement pas faire de mon mieux dans cet environnement."

Catherine fouilla dans son sac et posa une carte de visite sur la table.

"Merci pour votre temps," répondit poliment Catherine. "En tant qu'artiste, j'espérais que vous auriez un esprit ouvert à toutes les formes d'art qui impliquent le corps humain. Si vous êtes curieux de savoir ce que je fais, appelez-moi. J'espère toujours que nous pourrons travailler ensemble éventuellement. Passez une bonne journée."

"Vous aussi. Merci d'être venu. Je m'excuse de ne pas pouvoir vous aider."

"Ne vous excusez pas. Ce n'est pas pour tout le monde. Au dos de ma carte, j'ai écrit le montant que je paierais pour vos services. Pensez-y."

Cela dit, Catherine se retourna et quitta le petit bureau.

C'était l'offre la plus inhabituelle que Julia avait reçue depuis le démarrage de sa propre entreprise de photographie.

Elle n'avait jamais été sollicitée pour quelque chose de ouvertement sexuel auparavant.

Il prit la carte et la regarda.

À sa grande surprise, Catherine a occupé un poste de haut niveau dans une grande banque d'investissement de la ville.

Julia retourna la carte et vit le prix que Catherine était prête à payer, et fut surprise.

CHAPITRE 2

Plus tard, il pensait à cette nuit-là.

La curiosité était toujours présente dans l'esprit de Julia avant de se coucher, malgré le fait qu'une partie d'elle-même voulait rester loin de Catherine.

Il est allé à la poubelle où il l'avait jeté et a sorti la carte de visite de Catherine, qui l'avait transformée en boule.

Il le déplia et jeta un autre coup d'œil.

Puis il est allé à son ordinateur pour un examen rapide.

Après une brève recherche, Julia a trouvé la page LinkedIn de Catherine.

Catherine était une femme d'affaires expérimentée occupant un poste élevé dans une grande banque d'investissement.

La quantité d'expérience de Catherine à un niveau élevé a surpris Julia.

Julia a poursuivi sa recherche en ligne et a trouvé la page Facebook de Catherine, qui était ouverte à tous.

Il a regardé à travers les photos personnelles de la femme d'affaires.

Catherine était belle, élégante, sophistiquée, avec une aura dominante.

Julia se demandait pourquoi une telle femme serait intéressée à prendre des photos explicites.

Mais évidemment, tout le monde a ses secrets, pensa Julia.

L'intrigue a suffi à Julia pour changer d'avis.

Après tout, à quel point ces images pourraient-elles être minables?

Ils devaient sûrement être de bon goût.

Il a ouvert son e-mail et a écrit un message à Catherine:

Salut Catherine

J'espère que vous vous amusez. Je suis Julia du studio de photographie. J'ai beaucoup réfléchi à votre offre et pourrais reconsidérer ma position sur le sujet, si vous êtes toujours intéressé à travailler avec moi. Mais d'abord, j'ai quelques questions. Y a-t-il un moment approprié où nous pouvons parler au téléphone? Ou souhaitez-vous continuer à communiquer par e-mail? Fais-le moi savoir.

Prends soins de-VOUS,

Julia "

Il regarda sa montre, et il était déjà vingt-cinq heures du soir.

Julia éteignit son ordinateur et jeta un autre coup d'œil à la carte de visite.

Il la retourna et regarda la note manuscrite de Catherine: cinq cents dollars de l'heure.

Elle n'était devenue plus curieuse qu'en se couchant.

CHAPITRE 3

Le lendemain matin était une matinée typique pour Julia.

Lorsqu'il n'y avait ni prospects ni clients dans son petit studio, il passait son temps dans la chambre noire à développer plus de photos.

C'était un travail fastidieux, mais elle l'a aimé.

Lorsqu'il eut terminé, il quitta la pièce sombre et regarda son ordinateur portable sur son bureau.

Il y a eu plusieurs nouveaux e-mails.

Les yeux de Julia parcoururent brièvement la liste des messages, principalement liés au travail.

Ce qui a immédiatement attiré son attention, c'est la réponse par e-mail de Catherine.

Elle l'a ouvert:

Julia

Je suis content que vous ayez reconsidéré mon offre. Il est préférable que nous nous rencontrions en personne pour en discuter. Venez à mon bureau vendredi à huit heures du matin. Je vais prendre rendez-vous pour vous et ma secrétaire pour vous laisser entrer.

Catherine »

Le bref e-mail était plus que suffisant pour susciter à nouveau l'intérêt de Julia.

Elle fouilla dans son sac à main pour chercher sur la carte de visite de Catherine l'adresse de son bureau du centre-ville.

Elle a utilisé Internet et a cherché des directions pour s'y rendre depuis son domicile, et s'est assurée de garder son horaire clair pour vendredi matin.

DEUXIÈME PARTIE
La salle de l'esclavage

CHAPITRE 4

Julia se tenait nerveusement dans l'ascenseur alors qu'il montait dans le grand bâtiment.

Elle portait une chemise boutonnée avec une jupe de bureau pour avoir l'air appropriée dans l'environnement de l'entreprise.

Lorsque l'ascenseur atteignit enfin le sol, Julia chercha timidement le bureau de Catherine dans l'étrange quartier pour elle.

Lorsqu'il l'a retrouvée, il s'est approché d'une jeune secrétaire qui lui a permis d'entrer dans le bureau.

Silencieusement, elle déglutit en entrant et se rendit compte qu'elle venait d'interrompre le travail de bureau de Catherine, quoi qu'il en soit à l'époque.

«Veuillez vous asseoir,» dit poliment Catherine de derrière son bureau. "Je suis content que vous ayez changé d'avis sur une relation possible."

Julia s'assit et se détendit.

"Eh bien, j'y ai pensé et j'ai réalisé que c'était probablement quelque chose de bon goût."

"Regardez mon bureau. Bien sûr, tout ce que je fais est de bon goût", a déclaré la femme d'affaires en plaisantant.

"Je peux vraiment voir ça."

«Et je suis sûr que l'argent que j'offre vous a aidé à vous convaincre, est-ce exact?

Julia rougit.

"Cela en fait partie."

"Bien," acquiesça Catherine. "J'apprécie votre honnêteté. Il n'y a pas de honte à vouloir plus d'argent."

"L'argent est toujours bon. Je ne suis pas vraiment riche. Mais par-dessus tout, j'aime l'art de la photographie. J'adore capturer des images de personnes qui dureront toute une vie. Vous semblez être une personne vraiment intéressante et raconter votre histoire avec mes photos était une opportunité que je ne pouvais pas laisser passer. "

«Je savais que je choisissais la bonne femme pour le poste», sourit Catherine.

«Pourriez-vous me donner une idée de ce que vous voulez? Je comprends votre besoin de discrétion compte tenu du sujet. Mais à ce stade, j'aimerais savoir dans quoi je m'engage.

"Connaissez-vous l'esclavage et le style de vie BDSM?"

Julia était surprise.

"Oui je le suis."

"Que pouvez-vous m'en dire?"

Julia réfléchit un instant.

"Pas grand chose. Je connais juste les clichés que je vois à la télé. Tu sais, les fouets, les chaînes, le cuir. Ce genre de choses."

"Ce n'est qu'un petit aspect du fétiche", expliqua Catherine. "Le vrai BDSM est une question de domination et de soumission. Il s'agit de perdre le pouvoir et de se donner complètement à une autre personne. En toute sécurité et par consensus, bien sûr. Les fouets et les chaînes ne sont que des outils pour atteindre un objectif spécifique."

"Est-ce qu'elle est une maîtresse ou quelque chose comme ça?" Demanda Julia d'un ton timide.

"Je n'aime pas les étiquettes. Mais je pense que cela correspondrait à cette description. Est-ce que cela vous dérange?"

"Pas du tout. Euh, je pense que l'autonomisation des femmes est une bonne chose."

"Moi aussi," acquiesça Catherine. "Et vous allez voir une grande émancipation féminine lorsque vous venez dans ma chambre spéciale. La plupart de mes soumis sont de puissants hommes d'affaires dans leur vie quotidienne. Ils prennent la peine de me les mettre à genoux en privé."

"Et toi?"

"Moi quoi?"

"Soumettez-vous aussi ?" Demanda Julia.

Catherine sourit.

"Bien sûr que oui. Je ne ferais pas ça si je n'aimais pas chaque seconde."

"Comment ça marche ? Je veux dire, viennent-ils vous rendre visite ? Et alors ? Vous les avez frappés ou quelque chose comme ça ?"

«J'ai une salle spéciale d'esclavage dans mon grenier», répondit Catherine. "Je rencontre différents soumis du monde de l'entreprise. C'est quelque chose d'exclusif. Habituellement le week-end. Seulement pendant une heure."

«Pourquoi une heure ? Demanda Julia.

"C'est la durée parfaite, à mon avis. Si cela durait trop longtemps, les choses commenceraient à faire mal, dans le mauvais sens. Si c'était trop court, il n'y aurait pas assez de préliminaires pour construire des choses. Une heure est le temps idéal pour construire. un point culminant incroyable. "

"Cela semble provocateur."

«Attendez de le voir», dit Catherine. "Je porte un masque en or. C'est comme un alter ego que j'ai. Une fois le masque en place, je deviens une personne différente. Si les gens pensent que je suis une salope au bureau, attendez d'être dans ma salle de bondage avec moi avec le masque et un fouet à la main. Je deviens quelque chose de complètement différent. "

Julia était attirée par Catherine.

C'était un nouveau monde de liberté sexuelle sans les restrictions des inhibitions personnelles.

Il l'a rejeté d'une manière ou d'une autre, mais en même temps, c'était complètement fascinant.

J'avais hâte de le voir et de le capturer devant la caméra.

"Tu veux que je photographie toute l'expérience, non?" Julia a demandé, pour que ce soit clair.

«Je veux que vous photographiiez tout sauf les visages. La discrétion est de la plus haute importance, car mes soumis sont pour la plupart des individus riches. Vous ne serez pas autorisé à savoir qui ils sont. Ils seront masqués tout le temps.

Les doigts de Julia bougèrent nerveusement.

"Je vais être honnête. Tout cela me semble étrange. On ne m'a jamais demandé de faire partie de quelque chose comme ça auparavant. Je n'ai même pas vu ces choses en vidéo, ce qui ne veut pas dire que je n'ai pas vu de pornographie. Tout est très nouveau pour moi."

"Alors je t'envie", répondit Catherine.

"Vraiment pourquoi ?"

"Parce que vous explorerez cela pour la première fois, avec des yeux vierges."

"Ce sera certainement le cas," répondit Julia.

"Dites-moi, êtes-vous satisfait de votre vie sexuelle ?"

"Que veux-tu dire ?"

«Êtes-vous sexuellement satisfait ? Demanda franchement Catherine. "Jouis-tu comme tu veux ? Aimeriez-vous avoir de meilleurs orgasmes ? Aimeriez-vous que quelqu'un vous baise corps et âme ?"

Julia a été surprise par les questions de la respectable femme d'affaires.

«Ma vie sexuelle pourrait être meilleure», admit-il. "Je suis célibataire. Je ne suis pas sorti depuis longtemps. C'est le prix personnel que je paie pour gérer ma propre entreprise."

"Donc vous vous masturbez probablement beaucoup."

"Plus ou moins."

Catherine a pris un stylo et un bloc-notes et a commencé à écrire.

Une fois qu'il eut terminé, il tendit le mot à Julia.

«C'est l'adresse de mon appartement», dit Catherine. "La prochaine session aura lieu samedi à dix heures du soir. Ne soyez pas en retard. Vous serez payé cinq cents dollars pour toute l'heure. Prenez des photos de ce que vous voulez, sauf les visages ou tout ce qui peut être utilisé pour identifier quelqu'un. Les images m'appartiendront exclusivement. Alors ne les publiez nulle part. Ma secrétaire aura un contrat et des formulaires de confidentialité à votre disposition lorsque vous quitterez mon bureau. Ce sera tout pour le moment. "

Julia se leva.

"Merci. J'attends avec impatience notre réunion de samedi."

Catherine s'est également levée et les deux femmes se sont serrées la main pour conclure l'affaire de manière informelle.

"Encore une chose, porte une jolie robe quand tu viens. Je veux que tu aies l'air bien."

Le regard sur le visage de Julia a changé.

À ce moment précis, il venait de réaliser dans quoi il s'embarquait.

CHAPITRE 5

Après avoir rencontré la secrétaire pour signer les formulaires et les accords, Julia a rapidement quitté le bâtiment de l'entreprise pour respirer l'air frais.

Son esprit était un mélange d'émotions.

J'étais curieux, mais nerveux.

J'étais intrigué, mais réticent.

Il a réalisé que tout était en tête, mais il était trop tard pour reculer.

Elle avait déjà donné sa parole, signé les contrats et il n'y avait pas de retour en arrière.

La rue du centre-ville était pleine et elle regardait les employés de l'entreprise marcher vers leur destination, alors qu'elle restait complètement nerveuse.

Julia a vu une petite cafétéria en plein air et s'est approchée pour faire la queue.

J'avais désespérément besoin de quelque chose de fort à boire.

Au moment où Julia fit la queue, elle entendit une voix l'appeler par derrière.

Elle se retourna et vit la secrétaire personnelle de Catherine s'approcher d'elle avec un sourire.

La secrétaire était étonnamment jeune, dans la vingtaine, et elle était très belle.

«Ai-je oublié de signer quelque chose? Demanda Julia, alors que la secrétaire s'approchait.

"Non. Tout cela est déjà fait. Je suis à l'heure de ma pause et je voulais te parler."

"Oh pourquoi?"

«Je sais pourquoi vous avez été embauché», dit-il. "Lorsque vous avez signé les documents, vous aviez l'air terrifié, comme si vous signiez un contrat pour votre vie."

"Pouvez-vous me blâmer de me sentir comme ça?"

La secrétaire sourit.

"C'est un sentiment normal. Je sais exactement ce que tu traverses."

"Tu le sais?" Demanda Julia.

"Oui. Disons que j'ai traversé un long processus d'entrevue pour obtenir mon poste de secrétaire de Catherine."

Il n'a pas fallu longtemps à Julia pour établir la connexion.

Il s'est immédiatement rendu compte que la belle jeune secrétaire était sexuellement soumise à Catherine.

Julia fit de son mieux pour éviter d'avoir l'air surprise.

«Alors toi et Catherine? Demanda Julia de manière suggestive et curieuse.

Le secrétaire hocha fièrement la tête.

"J'ai postulé pour le poste en sachant que je n'étais pas qualifiée pour travailler pour une femme d'entreprise de premier plan. Mais je pensais que je n'avais rien à perdre. Elle m'a interviewé personnellement. J'ai réalisé qu'elle aimait mon apparence. Et avant de le savoir, j'ai signé de nombreuses des mêmes documents que vous. Ensuite, elle m'a laissé entrer dans son monde privé d'aventure. "

"Pourquoi me dis-tu ça? Je ne veux pas paraître impoli, mais ce n'est pas exactement l'information qui devrait être partagée."

«On dirait que vous pourriez avoir besoin d'un ami. Je ne veux pas que vous soyez nerveux.

"Merci," répondit Julia. "Cependant, je suis déjà nerveux. Je ne peux pas m'empêcher de penser que j'ai fait une grosse erreur. Je ne suis pas sûr de pouvoir gérer un tel fétiche."

"J'ai pensé la même chose quand j'ai commencé à m'impliquer avec elle. J'étais terrifiée quand j'ai vu sa salle de bondage pour la première fois.

Mes mains tremblaient quand nous avons commencé le processus. Mais maintenant, je ne peux plus m'en passer."

"Qu'est-ce qui vous a fait changer d'avis ?" Demanda Julia.

"Le plaisir."

CHAPITRE 6

Samedi soir.

Julia est allée à l'appartement avec son appareil photo dans son étui, et portait une robe jaune qu'elle avait achetée spécialement pour l'occasion.

Il était neuf heures du soir.

Il est arrivé une heure avant le rendez-vous lorsqu'il est monté dans l'ascenseur.

Être ponctuel faisait partie du travail.

Quand elle est arrivée à l'étage, Julia s'est dirigée vers l'appartement de Catherine et a appelé.

Il n'attendit pas longtemps que Catherine ouvre la porte pieds nus dans une robe de soie.

Les cheveux de Catherine étaient bien coiffés, tout comme son maquillage parfait.

"Vous êtes en avance," sourit Catherine.

"J'aime toujours être en avance. Est-ce un problème ? Je peux toujours revenir un peu plus tard ..."

"Non, non, ça va. Entrez. Je suis content que vous soyez arrivé tôt. Cela nous donne une chance de parler un peu plus."

Julia est entrée dans l'appartement et s'est émerveillée de tout.

«Bel endroit», dit Julia avec admiration. "C'est merveilleux. Je n'ai jamais rien vu de tel en ville."

"Il y aura beaucoup de choses ce soir que vous n'avez jamais vues auparavant."

«Je suis sûr que vous avez raison. Puis-je voir votre salle de bondage ? J'adorerais en prendre quelques photos maintenant.

«Pas encore,» répondit Catherine. "Je veux que vous preniez des photos quand tout commence, pas avant."

"Bon."

«Quelque chose de terrible?

Julia réfléchit un instant.

"Un peu. Mais ça ira. Cependant, je suis vraiment curieux. Je n'ai jamais fait partie de quelque chose comme ça."

"Tu es le genre de femme qui va apprécier ça. Je peux le sentir."

"Qu'est-ce qui te fait dire ça?"

"Je fais ça depuis longtemps", répondit Catherine. «Je peux en savoir beaucoup sur les habitudes sexuelles des gens rien qu'en les regardant. Après ce soir, je suis sûr que vous aurez hâte de revenir. Vous deviendrez accro. Faites-moi confiance.

Julia était soudainement mal à l'aise avec l'hypothèse de Catherine.

Elle a essayé de rester professionnelle et sérieuse.

«Alors, que pouvez-vous me dire sur l'invité de ce soir? Demanda Julia, changeant de sujet.

"Il est riche. C'est un de mes amis de longue date. Je reçois généralement des conseils commerciaux de sa part, mais sexuellement, il prend ses ordres de moi. Vous ne verrez pas son visage et vous ne saurez pas son identité."

"A quelle heure arrivera-t-il?"

"C'est ici," sourit Catherine.

"Il est ...?"

Catherine fit un geste en regardant dans le couloir.

"C'est dans ma pièce principale. Tu veux qu'on y jette un œil?"

Les deux femmes ont marché dans le couloir de l'appartement luxueux.

La fréquence cardiaque de Julia est montée en flèche comme si elle faisait de l'exercice cardiovasculaire.

Son cœur battait fort lorsque Catherine ouvrit la porte de la chambre principale.

«Le voilà», dit Catherine.

Julia a été presque surprise quand elle a vu un homme d'âge moyen assis sur le lit, vêtu uniquement de ses sous-vêtements.

Son visage et sa tête étaient recouverts d'un masque de cuir noir.

Il y avait des trous pour qu'il puisse voir et parler.

Il regarda directement Julia.

Son corps reflétait son âge et sa silhouette était lisse et potelée.

Leurs mains étaient liées par une corde.

"Que penses-tu?" Catherine a demandé avec un sourire diabolique limite.

"Je ne sais pas quoi penser".

«Eh bien, avez-vous peur de ce que je vais lui faire? Est-ce que cela vous excite d'une manière ou d'une autre? Vous devez avoir des idées à ce sujet.

"C'est certainement une image très provocante."

Catherine sourit.

"Si vous pensez que c'est provocateur, attendez que le spectacle commence. Cependant, ce n'est pas encore le moment."

Il ferma la porte de la chambre et ils restèrent dans le couloir.

«Pendant ce temps,» dit Catherine en regardant le corps du photographe. "Je pensais que je t'avais dit de porter une jolie robe pour ce soir."

Julia regarda brièvement sa robe jaune bon marché.

"Désolé. C'était le meilleur que j'ai pu trouver."

"Ce n'est pas assez bon. Suivez-moi."

Les deux femmes se dirigèrent vers une autre pièce au bout du couloir.

C'était une chambre d'amis, aussi impressionnante que la pièce principale.

La chambre était propre et le lit avait l'air frais.

Catherine ouvrit le placard et fouilla brièvement dans la grande variété de vêtements coûteux.

Quand il a trouvé ce qu'il cherchait, il l'a jeté sur le lit.

C'était une robe noire mince et élégante.

"Mettez-le," dit Catherine. "Je ne veux pas que vous portiez autre chose que ça, même pas vos chaussures."

"Et mon soutien-gorge et ma culotte?"

"Ni l'un ni l'autre. Est-ce un problème?"

Julia secoua la tête.

"Ne pas."

"Très bien. Habillez-vous dans cette pièce. Je reviendrai bientôt une fois que j'aurai enfilé mes bottes et débarrassé de cette robe."

"Bon."

"Es-tu prêt pour ça?" Demanda Catherine.

"Je le suis."

"Tu as l'air maladroit. C'est normal d'être nerveux. Mais si tu ne veux pas continuer, ça va aussi. Je peux toujours trouver quelqu'un d'autre et je te paierai même pour ce soir."

Julia respira brièvement.

"Non. Je veux faire ça. Je mettrai la robe et serai prêt quand tu l'auras."

"Excellent," sourit Catherine, avant de se tourner pour s'éloigner.

Julia a été laissée seule dans la luxueuse chambre d'amis.

Elle regarda la robe noire posée sur le lit et se demanda combien cela vaudrait.

Cela me paraissait cher.

Elle abaissa la caméra, puis ôta sa robe jaune et la jeta sur le lit.

Il a enlevé ses chaussures.

Finalement, comme Catherine l'a demandé, elle a enlevé son soutien-gorge et sa culotte, et a été laissée nue dans la pièce.

Elle regarda son apparence nue dans le miroir, remarquant à quel point elle avait l'air normale.

Elle prit la robe noire et la mit, puis se regarda à nouveau dans le miroir.

Cette fois, elle avait l'air très différente.

Elle ressemblait à une femme de classe et d'élégance.

"Magnifique," dit la voix de Catherine depuis le couloir.

Julia était surprise qu'ils l'aient regardée, mais elle ne savait pas combien de temps.

Ses yeux s'écarquillèrent d'étonnement lorsqu'elle vit Catherine dans un corset noir et de longues bottes noires.

L'apparence de Catherine contrastait fortement avec sa tenue professionnelle habituelle.

"Oh merci," répondit calmement Julia. "Tu es magnifique aussi."

"Il est maintenant temps. J'ai supprimé l'assurance de ma chambre spéciale. Elle est au bout du couloir. Attendez-moi là-bas avec votre appareil photo prêt, et je prendrai notre invité spécial. Vous êtes libre de prendre les photos comme vous le souhaitez. Je ne vous donnerai pas des instructions sur la façon de faire votre travail. Cela dépend de vous.

"Je vous remercie."

Catherine s'écarta, indiquant à Julia qu'il était temps d'aller seule dans la salle de bondage.

Julia respira doucement, et avec son gros appareil photo à la main, elle passa devant Catherine et se dirigea vers la pièce ouverte dans le couloir.

CHAPITRE 7

La salle de bondage était grande et les murs étaient recouverts d'un rembourrage noir.

C'était une pièce très bien éclairée.

Les yeux de Julia ont scanné les différents objets et gadgets sexuels exposés.

Il y avait une grande variété de godes, jouets sexuels, chaînes et pinces.

Il y avait une chaise et une table dans la chambre, qui étaient les seuls meubles disponibles.

Il y avait une grande horloge sur le mur pour s'assurer que chaque session durait exactement une heure.

Ce n'est que lorsqu'elle entendit le bruit des talons de Catherine claquant sur le sol que Julia se rappela qu'elle avait un travail spécifique à faire.

Ils arrivaient et Julia a préparé son appareil photo pour prendre des photos.

La première chose que Julia vit entrer dans la pièce fut l'homme d'âge moyen, les mains toujours liées et le visage toujours couvert pour protéger son identité.

Julia a pris une photo de lui.

Puis Catherine entra dans la pièce.

Elle portait un masque doré brillant qui couvrait son visage, mais permettait à ses cheveux de tomber librement.

Le masque semblait avoir été créé au 15ème siècle environ pour une famille royale, pensa Julia.

Julia a pris des photos de Catherine guidant l'homme vers la pièce puis fermant la porte.

Julia regarda curieusement l'homme attaché se mettre à genoux.

Catherine lui ordonna de se mettre à genoux et de se taire.

Julia a pris plus de photos.

Catherine est allée à sa collection de jouets sexuels et a cherché ce qu'elle voulait.

Finalement, elle s'installa sur un long gode couleur chair.

Mais elle n'avait pas encore fini.

Elle a attaché le gode à une ceinture puis l'a glissé sur son corset en cuir.

Julia a pris plus de photos.

«Es-tu prêt ce soir? Catherine a demandé à son homme soumis.

"Mmm ... Hmmm ..." murmura-t-il en réponse.

"Bon garçon," dit Catherine d'un ton condescendant. "Maintenant, je veux que ton petit cul penché sur la table."

L'homme se leva et se tint sur la table, le ventre dessus et les jambes écartées.

L'homme a démontré qu'il avait fait cela plusieurs fois auparavant et qu'il appréciait chaque instant, peu importe à quel point l'expérience semblait orageuse ou dégradante pour une personne normale.

Catherine a pris une petite pelle en bois et a commencé à tapoter doucement les fesses de l'homme.

Au début, c'était doux, comme si elle se souciait de son bien-être.

Avec la pelle, elle a commencé à le frapper plus fort, puis plus fort encore.

L'homme a commencé à murmurer avec sa bouche alors que les coups devenaient plus intenses.

Julia se sentait presque mal pour lui, mais elle a fait son travail et a pris des photos à la place.

«Tu aimes ça, petit cochon?» Lui demanda Catherine en continuant avec la pelle.

"Mmm ... Hmm ..."

"J'ai autre chose pour toi."

Catherine posa la pelle et attacha les mains et les chevilles de l'homme aux différents coins de la table.

Il s'est fait prendre.

Toute sa confiance était entièrement placée en Catherine.

C'était à sa volonté et à sa merci.

Il attrapa une bouteille de lubrifiant et en couvrit une grande quantité sur le bout de son doigt.

Julia a pris des photos en gros plan du doigt lubrifié de Catherine.

Julia a ensuite pris des photos en gros plan du doigt pénétrant dans l'anus de l'homme.

Il gémit alors qu'il se faisait pénétrer par le doigt de Catherine.

Puis il inséra deux doigts.

Puis trois.

Julia se demanda si l'homme appréciait ça.

Mais ce n'était pas sa préoccupation.

Le travail de Julia était de prendre une photo de la pénétration, et elle l'a fait, avec la caméra capturant tout.

L'estomac de Julia se serra presque quand elle vit Catherine se positionner derrière l'homme, le gros pénis attaché à sa taille pointant directement vers les fesses allongées de l'homme.

Julia était prête à crier et à plaider au nom de l'homme sans défense sur la table.

Elle voulait arrêter cette folie en son nom.

Mais elle ne l'a pas fait.

Ce n'était pas son rôle.

Sa bouche était ouverte d'incrédulité, et il abaissa brièvement la caméra pour pouvoir voir la pénétration anale de ses propres yeux.

C'était un spectacle choquant.

Il a soulevé son appareil photo, l'a pointé directement sur la pénétration anale et a pris plus de photos.

CHAPITRE 8

Lundi.

Il était tôt le matin et Julia se tenait dans sa chambre sombre révélant toutes les photos qu'elle avait prises pour Catherine.

Il y avait plus de deux cents images au total.

Les premiers lots étaient prêts.

La qualité d'image était bonne et elle admirait son propre travail.

Il savait que Catherine serait heureuse de la façon dont il capturait la salle de bondage.

Il savait que Catherine aimerait aussi comment l'homme soumis a été capturé.

Il y avait des images capturant Catherine dans sa tenue, et il y avait des gros plans du masque d'or.

Julia regarda brièvement le reste des bandes de film qu'elle avait prises.

Il regarda les images de l'homme suçant l'objet sexuel, fouetté, puis sodomisé pendant une longue période par la grosse ceinture.

Son cœur battit.

Puis il regarda les images de l'homme secoué par Catherine.

Il avait tiré une énorme charge de sperme sur le sol, qu'il avait ensuite ordonné de nettoyer avec sa langue.

Julia ressentit une sensation de brûlure entre ses jambes.

Elle était excitée dans sa chambre sombre, tout comme elle l'avait été dans la salle de bondage de Catherine.

Elle déboutonna son pantalon et glissa sa main droite le long de la culotte.

Il a regardé le film qui était révélé, l'homme suçant le gode alors qu'il était à genoux, et il se touchait sexuellement.

Il se souvenait de tout ce qu'il ressentait quand il avait tout vu la première fois.

Elle l'imaginait en train de se faire sodomiser et Catherine le masturbant.

Elle se toucha en pensant à l'homme qui suçait les seins de Catherine.

Il pensa à tous les commentaires verbalement dégradants qu'il lui avait faits et à la situation difficile dans laquelle elle était placée.

Puis, Julia s'est imaginée dans la position de l'homme.

Elle se demandait si elle pouvait aimer se faire sucer un gode et se faire sodomiser dans une position aussi dégradante.

Quand elle a eu un orgasme dans la chambre noire, elle a réalisé que la réponse était oui.

TROISIÈME PARTIE
Masque doré et robe noire

CHAPITRE 9

Deux mois plus tard, Julia portait une nouvelle robe lorsqu'elle se rendit au bureau de Catherine.

Elle avait été invitée à une réunion privée.

Une fois arrivé au sol sans hésitation, il eut une brève discussion avec le secrétaire et fut autorisé à entrer dans le bureau de Catherine.

Les deux femmes se saluèrent avec une accolade et elles s'assirent toutes les deux dans leurs sièges respectifs, avec Catherine derrière son grand bureau et Julia assise en face d'elle.

«Je peux honnêtement dire que vous êtes le meilleur employé que j'aie jamais eu», a déclaré Catherine. "Cela signifie quelque chose, étant donné le nombre de personnes qualifiées qui ont travaillé pour moi au fil des ans."

Un sentiment de fierté envahit Julia.

"Merci. Je fais de mon mieux."

«Tu aimes m'avoir comme employeur? J'ai la réputation d'être une vraie salope, ce qui est bien mérité.

"Je ne pense pas que tu sois une salope du tout," répondit Julia avec espièglerie. "Je pense que vous êtes une femme forte. Et vous êtes de loin l'employeur le plus intrigant que j'aie jamais eu. Chaque semaine est époustouflante. J'adore. J'ai toujours hâte de voir nos réunions."

"Eh bien, malheureusement, vos services ne seront plus nécessaires", a déclaré Catherine sur un ton commercial direct. "Vous avez terminé votre tâche en photographiant tous mes soumis. Je pense que vous avez fait un travail merveilleux. Votre travail a largement dépassé mes attentes."

Julia était surprise.

Il avait adoré profiter, regarder et prendre des photos de la vie sexuelle secrète de Catherine.

Aller à son appartement le samedi soir était son émotion de la semaine.

Et il se masturbait en privé à chaque fois qu'il rentrait à la maison.

Il s'était également attaché chaque semaine à la compagnie de Catherine.

"Eh bien, je suis contente que tu aies aimé mon travail," répondit Julia, essayant de ne pas paraître dévastée.

"Je ne suis pas le seul à aimer ça. Tous mes hommes soumis conviennent que vous avez fait un travail exceptionnel avec votre photo. Vous recevrez un bonus considérable pour cela. Lorsque vous quitterez mon bureau, ma secrétaire vous remettra une enveloppe Avec l'argent ".

"C'est très gentil de votre part."

Catherine sourit.

"Ce n'est pas un problème."

"Y a-t-il un moyen pour ... pouvoir ... continuer ça?" Julia a demandé avec toute la confiance qu'elle pouvait rassembler. "En tant que photographe, je pense qu'il y a beaucoup plus de choses que nous pourrions explorer, et que nous n'avons pas encore faites."

Catherine haussa un sourcil.

"Vraiment? Alors le petit photographe timide veut continuer à travailler pour moi. C'est intéressant."

"Eh bien, je suis intéressée par ton passe-temps," admit Julia malgré elle. "C'est une chose fascinante, et je pense que nous avons fait un excellent travail ensemble en termes de création artistique."

Catherine y réfléchit un instant.

«J'ai peut-être autre chose pour vous. Aucune garantie. Mais cela pourrait être hors de votre portée.

L'attention de Julia s'est soudainement réveillée.

"Qu'est que c'est?"

"Le fétiche de l'esclavage est plus courant dans le monde des affaires que vous ne le pensez. Il est très populaire auprès des hommes puissants, car ils aiment le changement de rôle. Ils aiment abandonner les femmes séduisantes après avoir été le patron de tout. la journée. Êtes-vous intéressé jusqu'à présent ? "

"Assurance."

"Super. Je contacterai les organisateurs de l'événement pour voir si vous pouvez vous joindre."

"Un événement ?" Demanda Julia.

"Oui, c'est un petit événement qui arrive de temps en temps. C'est une fête de bondage, en gros, où les riches et les puissants s'amusent vraiment, en tant qu'adultes."

"Cela ressemble à quelque chose que j'aimerais voir."

Catherine sourit.

"Tu n'en as aucune idée. C'est tellement sale et vulgaire que tout le monde est masqué. Tout est complètement discret. Aussi, c'est une tradition."

"Qu'est-ce que je ferais là-bas ?"

"Prenez des photos. Qu'est-ce que ce serait d'autre ? Peut-être que les organisateurs de l'événement veulent de belles photos pour des souvenirs ou quelque chose comme ça."

"Je peux certainement faire ça," répondit Julia. "Pour être honnête, depuis que j'ai commencé à prendre des photos de vos séances de bondage, tout ce que je fais au travail me semble très ennuyeux en comparaison."

Catherine sourit.

«Je savais que tu aimerais ça. Tu es ce genre de fille. Maintenant, si tu veux bien m'excuser, j'ai un rendez-vous dans quelques minutes.

"Oh bien sûr. Merci pour votre temps."

Julia se leva et lui tendit la main pour une poignée de main avant de partir.

«Encore une chose», ajouta Catherine. "Mes autres amis ne jouent pas toujours légalement. Donc si vous voulez continuer à travailler pour moi, alors vous devez être en sécurité."

"Je suis sûr."

Catherine hocha la tête.

"Je le pensais. Nous resterons en contact. Et nous vous recontacterons bientôt.".

CHAPITRE 10

Une semaine après.

C'était tôt mardi matin.

Julia a été réveillée par une série de coups à la porte.

Il sortit du lit, regarda brièvement dans le miroir, puis ouvrit la porte.

À sa grande surprise, c'était la secrétaire de Catherine qui tenait un petit paquet.

"Bonjour," dit la secrétaire avec un sourire radieux.

"Bonjour, entre."

La secrétaire entra dans le petit appartement avec le colis et Julia ferma la porte.

"Je suis désolé de vous déranger si tôt", a déclaré le secrétaire. "Je suis occupé le reste de la journée, donc c'était la seule fois que j'avais."

«Ne t'inquiète pas. Tu veux un café ou un verre? Demanda Julia.

"Je vais bien merci beaucoup."

«Alors qu'est-ce qui t'amène ici ce matin?

"Catherine a contacté les organisateurs de l'événement", a répondu le secrétaire. "Tout le monde aime votre travail et pense que vos photos seraient les bienvenues."

"C'est une excellente nouvelle. J'adorerais y assister."

"Cependant, il y a une condition."

"Qu'est que c'est?" Demanda Julia.

"L'événement de l'esclavage est exclusif, et ils ne laissent entrer aucun étranger. Par conséquent, vous devez avoir une initiation avant de pouvoir y prendre des photos."

La nouvelle a réveillé Julia plus fort que n'importe quelle tasse de café.

"Que veux-tu dire?"

"Il y a un processus d'initiation pour les nouveaux membres. On m'a dit qu'il n'y avait pas moyen de contourner cela. Vous devez, si vous voulez continuer à travailler pour Catherine."

"Eh bien, qu'est-ce que cette initiation nécessite? Quelque chose d'extrême?"

"Cela change à chaque fois", a répondu le secrétaire. "J'ai commencé il y a quelques années, et c'était assez calme. Mais pour les autres, wow. Je ne souhaite pas que ce soit eux."

Julia sentit soudain son esprit tourner.

Il voulait le travail plus que tout, et il ne voulait pas décevoir Catherine en refusant.

«Dites à Catherine que je le ferai,» dit Julia.

La secrétaire sourit et déposa le paquet sur une table voisine.

"Elle savait que tu serais intéressé. C'est pour toi."

"Qu'est que c'est?"

"Ouvrez-le et vous le verrez."

Julia souleva le couvercle du paquet et vit un masque doré sur un fin tissu noir.

Le masque était élégant et similaire à celui porté par Catherine lors de chaque séance d'esclavage.

"C'est pour quoi?" Demanda Julia en prenant le masque pour l'examiner.

"Vous devrez l'utiliser pour l'événement. Elle est du même type que Catherine, ce qui fera savoir aux gens que vous êtes son invitée et sa soumise."

Julia a continué à le regarder.

"C'est un beau masque."

"C'est certainement le cas. Il y a aussi une tenue dans le paquet. Vous devrez la porter. Rien d'autre que les talons."

Julia souleva le fin tissu noir du paquet.

C'était complètement transparent.

"Ne suis-je pas autorisé à porter autre chose en dessous?" Demanda Julia.

"Non, rien. L'événement commence à sept heures de l'après-midi samedi. Un chauffeur viendra vous chercher à six heures, alors soyez prêt. Vous êtes autorisé à porter un manteau pour couvrir votre corps lorsque vous marchez vers la voiture, mais enlevez-le une fois vous arrivez à l'événement. N'oubliez pas d'apporter le masque et votre appareil photo. "

"Puis-je vous poser une question personnelle?"

«Bien sûr», répondit le secrétaire.

"Pensez-vous que je peux continuer avec ça? Je veux dire, à votre avis, pensez-vous que je peux gérer ce qui va se passer lors de l'événement?"

La secrétaire sourit.

Il n'y a qu'une seule façon de le savoir. "

CHAPITRE 11

Samedi soir.

La porte de l'ascenseur s'ouvrit et Julia marcha rapidement dans le couloir de son immeuble.

Elle portait des talons hauts et un grand manteau.

En dessous, elle portait la robe noire transparente et rien d'autre.

Il tenait le paquet avec le masque d'or à l'intérieur et une autre boîte contenant son appareil photo.

Elle marchait aussi vite qu'elle le pouvait pour que personne ne la voie.

Une voiture noire l'attendait, le chauffeur tenant la portière ouverte.

Lorsqu'il est monté dans la voiture, il a vu Catherine assise sur la banquette arrière.

Une fois Julia assise, le chauffeur ferma la porte et se dirigea vers leur destination.

"Tu es mignon dans cette tenue", dit Catherine. "C'est agréable de vous voir dans quelque chose d'un peu plus sexy que ce que vous portez normalement."

"Merci. Tu es superbe aussi."

Les yeux de Julia passèrent sur le corps de Catherine, qui était beaucoup plus nu.

Catherine n'avait pas honte de s'asseoir dans la voiture vêtue seulement d'une mince robe noire.

Chaque courbe de son corps était entièrement visible, et ses gros tétons bruns pouvaient être vus à travers le tissu mince.

«Vous semblez un peu nerveux,» dit Catherine.

"Plus ou moins. Tout ce processus est assez intimidant pour moi. J'ai entendu dire qu'il y a une initiation que je dois traverser."

Catherine sourit.

"Vous avez entendu la bonne chose."

«Peux-tu au moins me donner une idée de ce qui va se passer? Julia a demandé timidement.

«J'ai bien peur que non, chérie. Mais ne t'inquiète pas. Tu es entre de bonnes mains.

"J'espère bien. Dieu, c'est un peu effrayant."

"Alors pourquoi êtes vous ici?" Demanda franchement Catherine. "Quelle est la vraie raison? Cela doit être plus qu'une simple curiosité professionnelle. Admettez-le, vous êtes une pute secrète."

"Je ne suis pas une pute."

«Alors peut-être devriez-vous demander au chauffeur de faire demi-tour cette voiture et de vous ramener à votre appartement.

"Attends," répondit rapidement Julia. "Je suis ici parce que j'aime ce que tu fais. Je pense que c'est excitant. Je veux continuer à te regarder."

«Avez-vous des fantasmes à propos de rejoindre? Avez-vous déjà pensé à être fessée, forcée de porter une ceinture avec vous dans l'un de vos trous serrés?

"Oui je l'ai fait."

Un sourire malicieux apparut sur le visage de Catherine.

"Bien sûr. Je savais que tu avais un potentiel de soumission depuis le jour où je suis entré dans ton studio. Habituellement, ce sont les filles tranquilles qui deviennent les plus grosses salopes"

"Je ne suis pas une pute."

"L'initiation devrait s'occuper de cela. Souvenez-vous que personne ne vous oblige à être ici. Vous pouvez y aller quand vous voulez."

Un frisson de peur et d'excitation a été envoyé le long de la colonne vertébrale de Julia.

Il se demanda à quoi Catherine faisait référence, mais Catherine tourna simplement la tête avec un léger sourire et regarda par la fenêtre de la voiture.

QUATRIÈME PARTIE
Douleur et plaisir

CHAPITRE 12

Des barrières de sécurité ont été ouvertes et la voiture a été autorisée à entrer dans la grande propriété.

La voiture s'est arrêtée devant un manoir et les deux femmes en sont sorties.

«C'est là que nous mettons nos masques», a déclaré Catherine. «Et enlève ton manteau. Il est temps de montrer ce joli corps que tu as.

Julia a enlevé son manteau et l'a jeté dans la voiture.

Une légère brise de vent lui rappela à quel point il était vulnérable.

Elle sentit l'espace entre ses jambes frémir avec l'air froid.

Ses mamelons roses se raidirent à cause d'un deuxième tour de brise.

Julia a fermé ses jambes fermement dans une faible tentative de couvrir sa féminité.

Les deux femmes mettent leurs masques dorés.

Julia a atteint la voiture et a saisi son appareil photo.

Ils ont fermé les portes et la voiture est partie.

L'entrée du manoir était gardée par deux hommes robustes.

Ils portaient également des masques et se taisaient lorsque les deux femmes les approchaient.

«Mot de passe s'il vous plaît», a demandé l'un des gardes de sécurité masqués.

«Serviette», répondit Catherine.

"Les dames peuvent continuer."

Le garde ouvrit la porte et ils entrèrent dans le manoir.

Julia s'est émerveillée de la bizarrerie du bâtiment.

On aurait dit qu'il avait été construit pour une famille royale.

Des peintures, des décorations et des objets de collection étaient exposés sur les murs.

L'entrée par laquelle ils entraient était couverte d'un grand tapis rouge.

Ils ont traversé une grande salle.

«Il faut attendre un peu dans la chambre d'amis», dit Catherine. "Quelqu'un va vous chercher sous peu."

Julia prit une profonde inspiration.

"Bon."

"Tout ira bien. Calme-toi."

«Pouvez-vous me dire ce qui va se passer? Demanda Julia. "Je serais moins nerveux si je savais ça."

"Non. Attendez dans la pièce jusqu'à ce que quelqu'un vienne vous chercher. Gardez le masque et laissez votre appareil photo là-bas. Il y aura beaucoup de temps pour prendre des photos plus tard."

Catherine ouvrit la porte et fit signe à Julia d'entrer dans la pièce.

La chambre était simple, avec des meubles en bois.

Julia prit une profonde inspiration et entra.

CHAPITRE 13

Il a perdu la trace du temps qu'il a attendu.

Elle n'a jamais enlevé le masque.

Après s'être ennuyée en s'asseyant et en attendant, Julia se tenait devant un miroir et se regarda.

Le masque était charmant.

Et elle ne pouvait pas arrêter de penser à la façon dont ses mamelons roses et son vagin étaient visibles à travers le tissu fin de la robe.

Elle s'est interrogée et s'est interrogée sur ses raisons d'être là.

Avant que je puisse réfléchir davantage, on a frappé à la porte.

Une femme est entrée, complètement nue, vêtue uniquement d'un masque d'or.

«Suivez-moi», dit la femme nue d'une voix douce.

Julia la suivit hors de la pièce et ils descendirent le couloir.

Il était devenu plus sombre.

De nombreuses lumières avaient été éteintes et un grand nombre de bougies allumées dans toutes les directions.

Il y avait un groupe de personnes masquées debout dans le couloir.

Certains étaient nus, certains portaient des costumes.

Ils portaient tous des masques.

Ils se tenaient en cercle, avec Catherine debout au centre.

Catherine était complètement nue à l'exception du masque.

C'était la première fois que Julia voyait le corps complètement nu de Catherine.

Julia admirait sa silhouette tonique et ses courbes voluptueuses aux gros tétons bruns.

Julia a été conduite au centre du cercle, debout directement devant Catherine.

Les autres invités masqués dans la salle sont restés silencieux.

«Bienvenue Julia», dit Catherine. "Le comité a décidé de l'admettre dans notre club privé. Ce n'était pas une décision facile, mais c'est la qualité de son travail et sa discrétion qui lui ont permis d'entrer. Cependant, il y a des conditions pour cette acceptation, voulez-vous savoir ce qu'elles sont?"

"Oui," Julia acquiesça nerveusement.

«Premièrement, vous devez faire l'expérience de la soumission sexuelle pour que le groupe puisse voir. Deuxièmement, je dois porter quinze pinces à vêtements sur votre corps pendant le processus. Enfin, vous devez avoir des orgasmes au moins deux fois dans l'heure qui suit. Toutes les conditions sont obligatoire. Vous pouvez accepter ou quitter. "

Julia prit une profonde inspiration.

"Je suis d'accord."

«Dites-nous pourquoi vous acceptez. Pourquoi voulez-vous que des actes aussi douloureux et dégradants vous soient faits? Vous êtes une fille très douce.

Julia réfléchit un instant.

"Regarder ses sessions au cours des deux derniers mois m'a ouvert les yeux sur quelque chose de nouveau. Je veux continuer à en faire partie."

«Même si cela signifie devoir passer par cette initiation? Catherine a demandé.

"Oui."

"Et qu'est-ce que ça fait de toi?"

"Dans une pute".

Catherine hocha la tête.

"Enlève ta tenue. Montre-nous ton beau corps."

Il y eut un frisson dans la colonne vertébrale de Julia.

Malgré les masques, Julia pouvait sentir tous les yeux dans la pièce attendre par anticipation.

Elle a glissé la tenue transparente jusqu'à ses pieds et était complètement nue.

Elle a résisté à l'envie de croiser les jambes et a laissé son entrejambe rasée de près rester découverte.

Elle a également résisté à l'envie de couvrir ses petits seins et a permis à ses mamelons roses de sortir.

Catherine s'avança et n'était qu'à quelques centimètres de Julia.

Il tendit la main et toucha le petit torse de Julia, le caressant doucement avec sa main.

Il encercla le mamelon rose avec son doigt, puis le pinça fort.

«Ohh...» haleta Julia.

«Est-ce que je te fais mal?

"Un peu."

«On va s'arrêter alors?

Julia savait qu'elle recevait un ultimatum subtil.

"Non, ne t'arrête pas."

Catherine pinça le mamelon encore plus fort, faisant de nouveau haleter Julia.

"Vous n'aimerez peut-être pas ça au début. Mais vous ..."

Une femme nue masquée s'est approchée d'eux en tenant un oreiller avec un petit tas de pinces à linge.

Catherine a pris l'un des clips, l'a ouvert et l'a placé sur le mamelon de Julia.

Lentement, il a permis au clip de presser le mamelon, petit à petit.

Catherine a relâché la pince qui a serré son mamelon fort, la faisant gonfler.

"Ça fait très mal," dit Julia avec un désespoir calme.

"Voulez-vous arrêter? Les conditions ne sont pas négociables."

"Combien de temps le clip restera-t-il là?"

"Jusqu'à ce que tu atteignes l'orgasme deux fois ce soir. Je peux accélérer les choses si tu veux. Ce serait plus facile pour un débutant comme toi."

"S'il vous plait..."

Catherine attrapa une autre pince à linge et l'utilisa impitoyablement sur l'autre téton de Julia.

"Ahhh ..." hurla Julia.

"C'est deux clips pour l'instant. Treize à gauche."

"Où allez-vous les mettre?" Demanda Julia, presque effrayée.

Catherine se pencha en avant et chuchota à l'oreille de Julia.

"Et vos lèvres vaginales? C'est l'endroit traditionnel pour une femme. Voulez-vous arrêter de souffrir ou rejoindre notre club?"

C'était le point de non-retour.

Julia se décida en un instant, même quand ses tétons lui faisaient très mal.

Ses mamelons au lieu de rose prenaient une teinte rouge foncé.

"Je refuse d'arrêter."

"Alors allonge-toi sur le dos. Et écarte les jambes."

Julia était allongée sur le dos sur la moquette, les jambes largement écartées.

Sa féminité était pleinement exposée, attendant la douleur des pinces à vêtements.

Catherine s'agenouilla et prit son temps pour examiner la chatte devant elle.

Elle l'a étudié et l'a admiré.

Catherine prit un clip de vêtements, l'ouvrit et souleva le côté gauche des lèvres de Julia.

"Cela peut faire un peu mal", a déclaré Catherine. "Vous êtes une femme adulte. Alors agissez comme telle."

Avec ces mots d'avertissement, Catherine a cruellement libéré le clip, faisant soudainement resserrer ses lèvres, faisant hurler Julia.

Catherine sourit et attrapa un autre clip, cette fois, le relâchant doucement sur ses lèvres.

La pression du deuxième clip a fait changer de forme les lèvres.

Catherine a continué le processus jusqu'à ce que le côté gauche des lèvres de Julia soit recouvert de pinces à linge.

"Comment te sens ta chatte?" Demanda Catherine.

Julia posa sa tête sur le tapis et lutta contre la douleur de ses mamelons et de ses lèvres pincées par les clips de ses vêtements.

"Cela me fait très mal".

"Cela montre que vous êtes humain. Je suis fier de vous pour avoir duré si longtemps. Votre initiation est plus difficile que la plupart parce que votre expérience financière n'est pas la même que la nôtre et vous n'avez aucune histoire d'esclavage."

"J'ai compris."

"Bonne salope. Le plus dur est presque terminé."

Catherine attrapa un autre clip de vêtement, cette fois en le plaçant doucement sur les lèvres droites de Julia.

Julia ne recula pas et gémit.

Elle s'était déjà habituée à la douleur dans ses zones sexuelles sensibles.

Le motif a continué jusqu'à ce que tous les clips soient utilisés sur la chatte de Julia.

Le vagin, autrefois mignon et attirant, s'était soudainement déformé.

Les lèvres vaginales s'étiraient dans différentes directions comme de l'argile.

Catherine a regardé dans la chatte rose de Julia et a vu qu'elle était humide.

"Vous êtes prêt pour votre premier orgasme", a déclaré Catherine. "Ce n'est pas comme ça?"

"Je le suis."

Catherine a fouetté le centre de la chatte de Julia sans avertissement.

Le choc fit hurler Julia dans une rare combinaison de douleur et de plaisir.

La fessée dans la chatte de Julia a continué jusqu'à ce que le bout des doigts de Catherine soit recouvert de fluides vaginaux.

«Vous êtes trempé, mon cher,» dit Catherine. "Je pense que tu es prêt."

Avec cela, Catherine a inséré deux doigts dans sa chatte et a utilisé les doigts de son autre main pour jouer avec le clitoris de Julia.

C'était une combinaison puissante.

Ses doigts étaient habiles à plaire sexuellement aux autres femmes.

Avec les doigts, il était travaillé d'une manière particulière et habile.

Julia gémit de plaisir.

Elle ne se souciait plus du groupe de personnes masquées qui la regardaient.

À ce moment-là, tout ce à quoi elle pouvait penser était la sensation de brûlure dans sa chatte et ses mamelons.

Les doigts ont continué le travail frénétique.

Catherine allait de plus en plus vite avec plus d'intensité.

Le corps de Julia trembla.

Elle gémit.

Catherine sentit que Julia était au bord de son premier orgasme, alors elle travailla encore plus fort, touchant sa chatte chaude.

Julia se tordit, gémit et son dos se cambra.

Julia poussa un grand cri et ses doigts se courbèrent, puis son corps se détendit.

"C'est le premier orgasme jusqu'à présent," sourit Catherine en regardant ses doigts recouverts de jus de chatte. "C'est maintenant le moment de l'orgasme numéro deux. Mais ça va être un peu plus difficile. Tu peux le laisser tomber quand tu veux. Prêt ?"

"Oui."

Catherine fit claquer ses doigts, et deux femmes nues masquées sont venues et ont enroulé des lanières de cuir autour des mains et des chevilles de Julia.

Ils ont guidé Julia, de sorte qu'elle soit à genoux.

Ils ont tendu les mains et les chevilles de Julia et les ont accrochées au sol sur des crochets.

Julia était face contre terre, complètement ligotée et impuissante.

"Votre test final est de dix-huit centimètres sur vos fesses. Ne vous inquiétez pas minou, je vais utiliser beaucoup de lubrifiant pour vous."

Les yeux de Julia s'écarquillèrent.

Les sangles de bondage à ses poignets et chevilles étaient serrées et il n'avait nulle part où aller, à moins qu'il ne décide de démissionner, ce qui mettrait définitivement fin à sa relation avec Catherine.

Il refusa d'abandonner, même lorsqu'il sentit les doigts de Catherine pousser dans son derrière.

Les doigts étaient recouverts d'une lubrification épaisse.

Les doigts sondèrent son petit anus aussi loin que possible.

Catherine n'était pas très gentille.

Pour elle, tout était affaire.

Alors Julia a simplement posé son visage masqué par terre et a accepté la pénétration du doigt dans son cul.

«Je vais porter la sangle avec le pénis que tu m'as vu porter tant de fois sur mes soumis», dit Catherine en se penchant sur le corps de Julia. "Je serai lent au début, mais j'espère que vous suivrez mon rythme plus tard."

À ce moment-là, Julia avait des souvenirs de tous les hommes masqués qui s'étaient fait sodomiser par la variété de ceintures différentes de Catherine.

Julia avait imaginé être dans le rôle de soumise tant de fois auparavant.

Mais elle n'avait jamais imaginé ce qui lui arriverait vraiment.

La pointe du harnais appuya fortement contre l'anus de Julia.

Catherine a utilisé ses mains pour écarter les fesses de Julia, permettant à l'objet sexuel de pénétrer dans le petit trou.

Julia gémit bruyamment alors que l'objet pénétrait dans son corps.

Lentement, il pénétra dans son rectum.

Elle ferma les mains et serra les dents.

Lorsque l'objet a continué le lent voyage dans son cul, elle a ouvert la bouche et poussé un gémissement.

Il a continué jusqu'à ce que l'entrejambe de Catherine soit pressée contre ses fesses.

"Brave fille," dit Catherine à l'oreille de Julia. "La plupart des gens auraient déjà arrêté. Pas vous. Vous avez presque fini. Cela vous fera du bien dans un instant."

Catherine se retira lentement du rectum de Julia, puis donna une légère poussée, le poussant à nouveau profondément à l'intérieur.

Il a utilisé le rythme lentement en fonction de la tension de Julia.

Chaque poussée faisait gémir Julia.

Julia regarda autour de la pièce pendant qu'elle se faisait sodomiser.

Les invités masqués étaient silencieux et regardaient le spectacle.

Il se demanda ce qu'ils penseraient d'elle.

Il se demanda s'ils étaient excités.

Il se demanda s'ils voulaient aussi entrer dans son cul.

La poussée dans le cul de Julia a continué.

La douleur fut bientôt rejointe par le plaisir.

Ses mamelons et sa chatte lui font toujours mal à cause des clips sur ses vêtements.

La douleur continuait à grandir, mais le plaisir y croyait aussi avec une intensité égale ou supérieure.

Son anus lui faisait toujours mal à cause du jouet sexuel de 15 cm et il n'y était pas complètement habitué.

Mais il y avait un plaisir étrange grandissant en elle.

Se faire enculer pour que tout le monde voie était excitant.

C'était sensationnel.

Les poussées sont devenues plus rapides et plus profondes.

Catherine a montré moins de pitié et moins de tendresse, et a vraiment commencé à être rude avec Julia.

Julia était traitée comme l'un des soumis de Catherine, ce qui était un compliment à Julia.

Cela signifiait que Catherine savait que Julia était suffisamment forte et digne pour recevoir une punition anale.

«Je peux sentir votre orgasme se rapprocher,» dit Catherine en poussant. "Viens pour moi, chérie. Fais-le et rejoins notre club."

"J'essaye," haleta Julia.

"Peut-être que ça va aider, minou."

Catherine a atteint en dessous et a commencé à jouer avec le clitoris de Julia, tout en la sodomisant.

La sexualité de Julia était agressée de tous côtés.

Ses mamelons lui faisaient mal.

Ses lèvres lui faisaient mal.

Son anus et son rectum étaient impitoyablement battus.

Maintenant, son clitoris sensible était massé.

"Oh mon Dieu!!!" Julia gémit.

Le dos de la jeune femme s'arqua violemment, et ses mains et ses pieds se crispèrent de toutes ses forces.

Des liquides coulaient de sa chatte et recouvraient le sol.

Pour la deuxième fois, il a couru devant tout le monde une fois de plus.

"Félicitations," dit Catherine en frottant les cheveux de Julia. "Vous êtes maintenant membre de notre club."

Catherine tira lentement le jouet sexuel des fesses de Julia et se leva.

Elle regarda Julia par terre.

Julia était sexuellement épuisée en ce moment et revint lentement à elle-même.

Les autres femmes masquées sont venues délier Julia, enlevant les pinces de ses tétons et de sa chatte.

Julia s'est levée et les autres invités masqués dans la salle ont applaudi leur nouveau membre.

ÉPILOGUE

Six mois plus tard.

Julia portait une belle robe en attendant dans l'ascenseur.

Elle tenait une grande enveloppe jaune.

Une fois arrivé à son appartement, il accueillit la secrétaire avec un sourire familier.

Puis il entra dans le bureau de Catherine.

Des blagues ont été échangées et Catherine a ouvert l'enveloppe pour regarder les images nouvellement révélées alors qu'ils s'asseyaient tous les deux.

«Vous vous êtes surpassé», dit Catherine en regardant les photos. "Un travail exquis. Les angles de caméra, l'éclairage, la météo. Ils sont parfaits. Nos amis du club les adoreront."

"Merci. J'espère que vous les apprécierez."

"C'est dommage que ces images doivent rester privées. Votre talent de photographe devrait être reconnu par beaucoup plus de gens."

"Votre reconnaissance suffit", a déclaré Julia courageusement.

Catherine sourit.

"Quelle fille douce."

"J'ai vu mon chèque placé sur le bureau de la secrétaire. Je suis sûr que c'est un autre paiement généreux, pour lequel je suis très reconnaissant. Mais aujourd'hui, je m'attendais à quelque chose d'un peu plus ... en plus ..."

Catherine se pencha dans son bureau pour retirer sa culotte de sous sa jupe.

"Très bien. Vous avez trente minutes avant ma prochaine réunion."

"Je vous remercie."

Julia s'approcha du bureau de manière informelle.

Elle essaya de cacher son impatience, mais ils savaient tous les deux ce que ressentait vraiment Julia.

Catherine écarta les jambes et vit Julia tomber à genoux.

La limite était de trente minutes, alors Julia n'a pas perdu de temps et a commencé à manger la chatte de sa maîtresse dominante jusqu'à ce qu'elle atteigne le point de l'orgasme.

FIN

FANTAISIE BDSM

CHAPITRE I

"Maintenant tu as vraiment des ennuis."

J'ai soufflé doucement.

C'était un son très peu féminin, mais pour le moment, la seule chose à laquelle il pouvait penser était ce qui allait se passer ensuite.

Avais-je vraiment lu les lignes entre tous nos e-mails?

Des chats en ligne?

Des appels téléphoniques de nuit?

Peut-être que cela aurait dû être plus subtil.

C'est ce que disent tous les magazines, non?

Les garçons ont besoin de moi pour leur dire quoi faire.

Détendez-vous, Debbie.

Le murmure contre mon oreille me fit sursauter.

«C'est facile pour toi de le dire, Harry.

"Chut. Je reviendrai."

J'ai pris une profonde inspiration et ai soufflé lentement, léchant mes lèvres sèches.

N'avait-il le contrôle que pendant une heure?

Ou au moins la possibilité de partir?

Je l'ai entendu bouger dans la pièce, la télé se rallumant ... réalisant qu'il attendait que je me sente à l'aise.

J'ai fermé les yeux, ce n'était pas grave, puisque je ne pouvais pas voir à travers le bandeau de toute façon, et j'ai pensé à cette nuit même plus tôt ...

CHAPITRE II

J'ai soulevé mon téléphone portable et j'ai expiré.

Mon doigt a survolé le bouton ENVOYER, mes yeux rivés sur les deux mots à l'écran: je suis ICI.

J'ai pris une profonde inspiration et scellé mon destin, priant pour que mes nerfs se calment, que je ne me sente plus nauséeux.

Il n'y avait plus de retour en arrière maintenant.

Le bruit d'une chasse d'eau étouffa le son d'un téléphone à proximité.

Un instant plus tard, la porte devant moi s'est ouverte et mes nerfs ont été amplifiés.

"Vas-tu rester là toute la nuit?" Dit-il calmement.

La voix grave venait de la porte éclairée.

Harry

Je n'avais plus besoin de fermer les yeux pour l'imaginer.

Ses larges épaules dépassaient d'un pied au-dessus de moi, enveloppées dans une chemise boutonnée avec les manches retroussées jusqu'aux coudes.

Ses yeux d'obsidienne regardaient les miens avec un regard brillant.

Ses grandes mains agrippaient le cadre et la porte alors qu'il se penchait dans le couloir vers moi.

Notre dernière et première rencontre avait eu lieu à une danse sur le thème du gangster et du cabaret une semaine plus tôt.

Mon propre terrain, mes propres amis, ma propre zone de confort.

C'était facile de tomber amoureuse de ses charmes, de la façon dont elle me serrait dans ses bras quand nous dansions lentement.

La façon dont il a basculé mon chapeau de feutre dans le parking avant de m'embrasser doucement, ses doigts touchant à peine ma joue.

La façon dont il m'avait murmuré à l'oreille que ma décision de m'habiller en gangster l'avait excité.

Mes genoux fléchirent alors qu'il se pressait contre ma hanche, montrant son excitation.

Il a fallu toute ma force pour pouvoir puiser dans moi-même pendant les sept prochains jours, surtout au travail.

Nos conversations téléphoniques et Internet de fin de soirée n'ont pas aidé.

Alors pourquoi avais-je si peur?

Je m'abandonnais au moment où j'avais fantasmé tout ce temps ...

«Debbie? Il ouvrit la porte et sortit maintenant dans le couloir, les coins de la bouche en bas. "Vous êtes doué?"

Je me suis reculé contre le mur, tenant mon sac du soir par-dessus mon épaule.

C'est une erreur.

Je n'aurais pas dû venir.

À quoi je pensais?

Attendez, je ne pensais pas.

Je ...

Ses doigts effleurèrent ma joue alors qu'il soulevait mon menton.

"D'accord. N'aie pas peur."

"Qui? Moi?" Ma voix était tremblante et pas du tout confiante, même si j'ai souri.

Son froncement de sourcils s'approfondit.

L'inquiétude et la déception se manifestaient dans ses yeux sombres.

"Tu ne veux pas faire ça?"

"Oui. Je vais bien."

Je me détournai du mur, marchant vers la fosse aux lions.

La porte se referma derrière moi, me faisant sursauter alors que je scrutais les environs.

C'était une chambre d'hôtel standard avec une baignoire jacuzzi sur la gauche, un bar à linge dans une alcôve à droite et une suite ouverte avec deux lampes et une horloge numérique sur de petites tables flanquant le lit solitaire.

Un canapé, une table, deux chaises et une commode basse avec une télévision boulonnée sur les meubles.

Pas cool.

Mais alors, ce n'était pas une occasion spéciale.

Eh bien, pas une pour laquelle vous loueriez une chambre d'hôtel de luxe, comme pour une lune de miel.

Un léger reniflement échappa à ma dernière pensée.

Non, rien d'important comme ça.

Il y a eu un tiraillement sur mon bras et j'ai cligné des yeux.

Mes yeux se sont levés pour rencontrer les siens, et son doux sourire a un peu apaisé la tension.

"Laisse-moi prendre ton sac."

J'ai relâché ma prise sur la sangle, le regardant placer le sac polochon sur la commode sous l'écran de télévision allumé mais silencieux.

Il a appuyé sur un bouton de la télécommande et l'écran est devenu noir.

Maintenant, c'était vraiment juste nous deux.

Les petits sons semblaient maintenant amplifiés.

Le doux sifflement de l'unité de climatisation.

Le bourdonnement de lumière au-dessus de nos têtes.

Bruit de glace dans la machine juste à l'extérieur de la pièce.

Le gargouillis de l'eau dans le jacuzzi d'angle à côté du lit.

Eh bien, ce n'est peut-être pas une chambre d'hôtel standard après tout.

Mon cœur battait à mes oreilles.

J'ai essayé de garder ma respiration régulière, j'ai essayé de me concentrer sur toute la situation.

Dans ce que je faisais.

Sur pourquoi je le faisais.

Un léger gémissement m'échappa quand je pensai au résultat final possible, et quelque chose se resserra dans mes entrailles.

Debbie, asseyez-vous.

Il a pris ma main et m'a guidé vers le lit.

Ma peau picotait au contact.

Mes genoux se sont automatiquement pliés, puis je me suis reposé sur le bord.

Ma petite taille me rendait difficile de m'asseoir et de toujours pouvoir toucher le tapis.

"Tu es magnifique ce soir."

Je clignai de nouveau des yeux et pencha ma tête vers lui.

Personne ne m'avait jamais traité de belle sauf mes parents.

Ses yeux se fixèrent sur la robe qu'elle avait choisie pour le bal de ce soir, une jupe en soie rouge avec un imprimé rose et un corsage noir sans manches qui offrait un large décolleté.

C'était l'un de mes préférés, principalement parce que je me sentais belle, malgré mon petit corps.

Un sourire dessina mes lèvres, content qu'il l'aurait aimé aussi.

"Je-je suis désolé. Je suis juste un peu ..."

"C'est bien je le comprends". Il s'assit à côté de moi, me tenant toujours la main.

Pendant plusieurs minutes, le seul bruit que nous avons fait était notre respiration, sa normale, la mienne a faibli.

Comment pouvez-vous être si calme?

J'ai gardé mon regard sur mes genoux, déglutissant lourdement comme lorsque je m'égarais sur ses genoux... J'y ai vu la légère bosse.

Il me serrait la main de temps en temps.

Finalement, quand je me suis sentie calme, j'ai levé les yeux sur son visage.

Il me regardait.

Les coins de sa bouche étaient maintenant relevés.

"Je vais t'embrasser, d'accord?"

J'ai incliné mon menton en réponse, puis sa main a pris ma mâchoire en coupe, me tirant plus près.

Mes yeux se fermèrent lorsque ses lèvres chaudes touchèrent les miennes.

Ils se sont touchés légèrement au début, puis m'ont pressé plus fort.

Je lui serrai la main, aspirant de l'air, de petits cris de surprise atteignirent mes oreilles.

Sa main glissa vers l'arrière de ma tête, ses doigts enfouis dans les mèches de mes cheveux.

Quand sa langue a dessiné ma bouche, j'ai frissonné.

Quand il m'a mordu la lèvre inférieure, j'ai haleté.

Et quand sa langue a glissé à l'intérieur, secouant ma langue, j'ai gémi.

Harry continua de serrer ma bouche avec la sienne jusqu'à ce que nos langues dansent, savourent, et mes gémissements deviennent plus fréquents.

Il a pris sa main de la mienne et a sorti le clip qui retenait mes ondulations brunes.

Les douces vagues descendirent en cascade sur mes épaules, chuchotant contre mes oreilles et mes joues avant de les repousser pour que je puisse tenir ma tête plus fermement.

Ma main trouva sa cuisse et la serra, provoquant un gémissement de sa part.

Nos corps se retournèrent l'un contre l'autre, les nerfs se calmèrent alors qu'il m'aidait à glisser sur la couette.

Quand je m'appuyai contre les oreillers, je soupirai et l'anticipation remplaça l'anxiété dans mes muscles tendus.

Ses doigts caressaient mes joues, mon front et mon cou, se tordant à travers mes tresses alors qu'il bougeait sa bouche contre la mienne.

Il était doux mais ferme.

En contrôle, mais pas pressé non plus.

Mes doigts remontèrent pour tracer les contours de son cou, à travers le léger chaume sur sa mâchoire, jusqu'à ses cheveux ondulés, tenant sa tête.

Quand ses doigts glissèrent sur mon épaule, sur la large sangle du corsage de ma robe, et frôlèrent mon bras nu, je retins mon souffle dans ma bouche.

Même à travers la robe et le soutien-gorge, elle pouvait sentir la chaleur de son toucher.

J'avais envie qu'il prenne ma poitrine, pour soulager la pression que je ressentais depuis notre première rencontre.

Il était si proche, mais il semblait volontairement éviter cette zone.

"Tu as si bon goût." Sa bouche recouvrit la mienne une fois de plus avant de se déplacer vers mon menton, ma mâchoire et derrière mon oreille avant de s'installer dans la courbe de mon cou.

Son nez me caressa, sa langue léchant ma chair.

J'ai pris une profonde inspiration et relâché l'air lentement avec un gémissement.

"Tu sens incroyable."

J'ai gémi, ma peau a picoté quand il l'a dévastée.

"S'il vous plaît ne vous arrêtez pas. Hmm."

"Je n'ai aucune intention de le faire." Sa voix était étouffée alors qu'il suçait doucement, mordillait puis léchait avec les douleurs aiguës qui en résultaient.

J'ai attrapé ses bras, m'ancrant à lui.

Son corps chaud se pressa contre mon côté, allumant des étincelles sous ma peau.

Je voulais le mettre au-dessus de moi, mais je n'avais tout simplement pas l'énergie.

Ou le courage de prendre l'initiative.

Sa bouche a posé des baisers de papillon sur mon épaule et dans ma gorge.

Quand il a pris sa retraite, j'ai ouvert les yeux.

Ses yeux étaient fixes, mais pas sur mon visage.

Je continuai son chemin, et haletai quand je vis l'objet de sa concentration: la montée et la descente rapides de mes seins poussant contre les limites du décolleté de la robe.

Mon regard revint sur son visage juste à temps pour le voir se lécher les lèvres.

"Si tu veux que j'arrête, ce serait le moment ..."

"Non non Non". Je fermai les yeux et un frisson me parcourut en pensant que tout pouvait finir si vite.

Un léger rire fut sa seule réponse, puis ses lèvres effleurèrent à nouveau ma gorge.

Lentement et méthodiquement, ils couvraient chaque centimètre carré de peau.

Parfois, sa langue jaillissait, me faisant frissonner.

Mon souffle s'est arrêté plusieurs fois alors que je me déplaçais plus bas.

Quand ses lèvres ont caressé le gonflement de ma poitrine, j'ai attrapé ma jupe, mon corps se cambrant vers lui de mon plein gré.

La partie plate de sa langue caressait la montée au-dessus du bord de mon soutien-gorge en satin noir, et la sensation de chaleur humide me brûlait.

Il bougea, passa un bras sur mon ventre et tourna la tête.

Mon nez enfoui dans ses cheveux.

Ça sentait un peu la lotion fraîche après-lavage, et j'ai expiré avec un soupir.

Ma concentration a changé quand j'ai senti son doigt ramper le long de la courbe de mon décolleté, plongeant dans l'espace entre mes seins avant de glisser sous le bord du soutien-gorge.

Sa langue suivit et un gémissement monta du fond de ma gorge.

Mes tétons étaient si durs qu'ils me faisaient mal.

S'il venait juste de ...

Mon corps se tordit, le pressant d'aller un peu plus bas, là où je le voulais.

Là où j'en avais besoin.

Quand j'ai bougé ma main, essayant littéralement de prendre les choses en main pour soulager la douleur, il bougea à nouveau et attrapa mon bras, le soulevant au-dessus de ma tête.

Il se leva suffisamment pour libérer mon bras gauche de dessous lui et le lia avec mon bras droit.

Tenant ses deux poignets avec sa main droite, elle abaissa à nouveau sa bouche sur ma poitrine et continua à adorer ma peau maintenant brûlante.

«S'il te plait... oh s'il te plait, Harry...» murmurai-je au-delà des gémissements qu'il sortit de moi.

«Qu'est-ce que tu veux, Deb? Son souffle a traversé la barrière du soutien-gorge et m'a fait encore plus mal. "Dis moi ce que tu veux."

"Oh ..." Mon esprit était brouillé, et je me sentais soudain à nouveau gêné.

Pourquoi ne peux-tu pas comprendre ce que je te demande?

"Cela pourrait être?" Ses doigts effleurèrent le bas de ma poitrine à travers la robe et je gémis. "Oui, je pense que c'est ce que tu veux."

Il a plaisanté de nouveau, et finalement sa main a pris ma poitrine en coupe, serrant doucement.

Son pouce frôla le mamelon.

Même à travers le matériau du soutien-gorge, il a envoyé des ondes de choc dans tout mon corps.

"Oh mon Dieu!"

Mes yeux s'ouvrirent brusquement et je retins mon souffle, fixant le plafond, mais ne voyant rien, me délectant du fait qu'il m'avait finalement touché là où j'avais besoin de lui.

J'ai haleté quand il a déplacé sa main vers le haut et a glissé un doigt sous le bord de mon soutien-gorge et l'a balayé encore et encore directement sur mon mamelon.

La chaleur s'est précipitée et s'est accumulée entre mes jambes.

Le monde s'est calmé.

Ses lèvres effleurèrent mon oreille, son souffle brûlant et me faisant toujours frissonner.

Mon souffle se bloqua dans ma gorge alors que sa main s'enfonçait plus profondément dans mon soutien-gorge pour m'embrasser complètement.

Je sentis sa peau un peu rugueuse alors qu'il pétrissait ma poitrine, faisant rouler mon téton entre son pouce et les autres doigts.

Je me tournai vers lui, ma bouche cherchant la sienne.

Il gémit, pressa ses lèvres contre les miennes et me repoussa sur le dos.

Je bougeai sous lui, faisant écho à son gémissement alors que sa langue passait sur ma bouche et jouait avec ma langue.

Il me serra encore une fois la poitrine puis retira sa main.

Il relâcha mon poignet gauche, glissa sa main sur mon épaule et tira à la fois la sangle de ma robe et mon soutien-gorge le long de mon bras.

L'air froid effleura ma poitrine maintenant nue.

Mon téton se serra douloureusement.

Il était essoufflé, tremblant, quand ses doigts glissèrent le long de mon bras et le soulevèrent lentement au-dessus de ma tête.

Quand je le sentis attacher quelque chose autour de mon poignet, je sursautai automatiquement.

«Harry?

«Oui Debbie? Il descendit en m'embrassant par le bras et sur ma poitrine, suçant mon téton dans sa bouche.

"Oh!" J'ai oublié ce que j'allais lui demander, mes nerfs se sont éclaircis avec cette simple action, et je me suis cambré contre lui.

Il gloussa, taquinant mon mamelon avec sa langue alors qu'il grimpait sur moi et relâchait mon autre poignet.

Quand il a découvert mon sein droit, il a déplacé sa bouche de ce côté tout en mettant à nouveau cette main sur ma tête.

J'ai eu du mal à avaler, le regardant attacher mon poignet droit.

"Vous êtes si sexy". Ses yeux brillaient alors qu'elle était assise à côté de moi, regardant ma poitrine nue, ma robe et mon soutien-gorge juste en dessous de mon buste.

Je tirai doucement sur mes poignets et ravalai la tension.

Il y avait assez de jeu pour que mes bras se détendent contre les oreillers, mais pas assez pour que je puisse me détacher si je le voulais.

«Je ne pensais pas que tu te souviendrais.

Qu'est-il arrivé à ma voix?

Cela semblait très enroué.

"Oh, je me souviens. Je me souviens de tout."

Ce sourire paresseux, ce ton profond, ce regard sombre soudain dans ses yeux ont fait que mon cœur saute un battement.

Mon esprit s'est empressé de me souvenir de tout ce dont nous avions discuté ... et je me suis demandé si j'avais oublié de mentionner quelque chose.

Mais j'ai perdu la concentration quand il a tendu la main sous mon dos, a détaché les clips de mon soutien-gorge et a glissé la fermeture éclair de ma robe.

J'ai gardé mes yeux sur lui, voyant une fascination apparente dans ses yeux alors qu'il secouait ma robe, révélant de plus en plus mon corps nu.

Elle retint son souffle lorsqu'elle révéla ma culotte en satin noir.

Je me suis approché de lui et il s'est arrêté, saisissant mes hanches et passant ses pouces d'avant en arrière sur ma peau couverte.

Reprenant ma nudité, le satin de ma jupe effleura mes jambes nues, puis jeta la robe de côté.

Ses doigts glissèrent sur mes mollets, descendirent jusqu'à mes genoux, puis redescendirent pour déboucler et retirer mes talons hauts.

J'ai eu une soudaine poussée de courage.

Je passai lentement le bout de ma langue le long de ma lèvre supérieure et bougeai mes hanches.

"Alors tu aimes ce que tu vois?"

Ses yeux se sont posés sur les miens, et je jure que j'ai vu un éclair de feu en eux.

Il ne parla pas, mais il glissa ses doigts sous le bord de ma culotte et les abaissa lentement.

J'ai dégluti, réalisant que je craignais vraiment qu'il aime ce qu'il voyait.

L'air froid me frôla, et je ne pus m'empêcher de presser mes cuisses l'une contre l'autre, gémissant et se tordant alors qu'il me regardait.

Quelques fois, il leva la main comme pour me toucher là-bas, mais sa main revint sur ses genoux.

J'aimerais pouvoir lire dans vos pensées.

Il fouilla dans sa poche arrière, puis se pencha vers moi, frottant ses lèvres contre les miennes.

"Vous êtes doué?"

J'ai pris quelques respirations profondes puis j'ai souri.

"Oui je suis bien."

Ses yeux rencontrèrent les miens et il me sourit en retour.

"Menteuse."

Ses mains passèrent sur mon visage.

Un chiffon doux couvrit mes yeux, bloquant la lumière et fixa l'élastique sur ma tête.

Ma respiration s'est coupée.

Je n'ai pas pu l'éviter.

Il avait raison.

Une partie de moi s'inquiétait d'être allé trop loin.

J'avais voulu ça.

Mais une fois que mon contrôle a disparu, mes nerfs sont revenus et j'ai eu peur.

Pas nécessairement Harry, mais ce qu'il ferait ... ou ne ferait pas.

Il semblait l'avoir fait avant.

Et si je ne suis pas à la hauteur de vos attentes?

CHAPITRE III

Ce qui nous a ramenés allongés sur le lit, complètement nus, les yeux bandés et les mains liées à la tête de lit.

Harry était assis ou debout dans une autre partie de la pièce, écoutant les répétitions de la loi et de l'ordre.

Je doutais beaucoup de regarder la télévision.

Je pouvais vraiment sentir ses yeux sur moi.

Et ce n'était pas ce sentiment gênant lorsque vous savez que quelqu'un vous regarde et se demande pourquoi, puis regarde nerveusement autour de vous en essayant de localiser le coupable.

Au lieu de cela, j'ai senti la chaleur se propager à travers moi, heureux de me trouver digne d'être regardé.

Plusieurs minutes se sont écoulées, la série est passée à une publicité, et en arrière-plan, j'ai entendu le cliquetis clair de l'ouverture et de la fermeture de la porte de la chambre d'hôtel.

«Harry?

Il n'y avait pas de réponse.

J'ai essayé de ne pas paniquer, mais je n'ai pas pu m'empêcher de tirer sur mes attaches.

Je n'ai entendu personne d'autre dans la salle, ce qui était une bonne chose.

Mais reste...

Mes pensées me dépassaient quand j'entendis la porte s'ouvrir à nouveau.

J'ai retenu mon souffle, entendu le tintement de la glace dans un verre et le sifflement d'une canette de soda ouverte.

La chaleur d'un autre corps frôla mon côté droit et le lit sombra sous le poids de quelqu'un assis.

J'ai haleté quand une paume fraîche a effleuré mon mamelon droit.

"Je t'ai manqué?"

Je laissai échapper un souffle tremblant, soulagé d'entendre la voix de Harry.

"Dites-moi quelque chose la prochaine fois que vous partez!"

"Désolé. Je ne voulais pas te faire peur."

Ses lèvres effleurèrent les miennes.

J'ai senti la queue dans son souffle.

Nos langues ont flirté pendant un moment, puis il s'est penché en arrière.

"Devrions-nous commencer?"

Je souris, me relaxant contre les oreillers.

Je l'ai entendu poser son verre, puis il a commencé à fouiller sous ma tête, en abaissant la couette et les couvertures.

Ma peau se hérissait, me faisant la chair de poule, alors que ses mains frôlaient mon corps.

J'ai aidé autant que j'ai pu dans ma position en soulevant mon corps.

Alors que j'étais déjà allongé seul sur les draps froids, le poids du lit changea de nouveau et la télévision se tut.

"Vous ne pouvez rien voir, n'est-ce pas?"

J'ai incliné la tête en avant, de chaque côté, puis je me suis détendu à nouveau.

"Non rien."

"Alors profite. Et pas un mot."

J'acquiesçai et fléchis mes poignets et mes doigts.

Je savais qu'il me regardait à nouveau, et la chaleur s'est accumulée entre mes jambes.

J'ai bougé mes hanches, bougé mes orteils, puis j'ai tourné mes chevilles.

Tout pour me distraire.

Mes lèvres sont soudainement devenues sèches et je les ai léchées, avalant et trouvant ma bouche sèche également.

Je me forçais à respirer normalement, écoutant les indices de ce que je pourrais faire.

Le climatiseur s'est éteint, puis j'ai juste entendu sa respiration uniforme.

Mais même ainsi, cela ne m'a pas touché.

Après plusieurs minutes, mes muscles se détendirent et mes jambes légèrement écartées.

Son souffle s'est arrêté et j'ai souri.

Je me demandais si vous vous masturbiez, mais vous en auriez sûrement entendu parler.

J'allais lui demander si tout allait bien quand je le sentirais.

C'était un toucher très léger, directement sur mes deux tétons.

J'ai gémi quand ils ont durci.

La sensation s'est déplacée vers le bas, suivant la courbe sous mes seins et sur les côtés.

C'était définitivement une plume, la plénitude effleurant ma peau comme le bout des doigts les plus doux.

Il s'est déplacé sur mon abdomen, soulignant mes côtes, entourant mon nombril.

Mes hanches tremblaient alors que la pointe frôlait la région de l'aine, là où ma jambe rejoignait mon corps.

J'ai frissonné en roucoulant.

Il a répété le mouvement, bougeant sur ma hanche et lentement à nouveau, en suivant la ligne de mon bassin.

Je me tordais quand il a passé le plat du stylo sur le dessus de ma cuisse gauche.

La chair de poule monta sur mon dos et j'écartai mes jambes, utilisant mes pieds pour gagner en force contre le lit pour pousser.

Harry gloussa.

«Patience, Deb.

Mais il a glissé la plume à l'intérieur de ma cuisse, sous mon genou et mon mollet.

J'ai ri quand il a chatouillé le bas de mon pied.

Cela a changé pour travailler sur mon côté droit.

Je pouvais sentir la chaleur de son corps penché sur mes jambes.

La plume a tracé le même motif sur l'autre jambe, mais en arrière.

De mon pied à mon mollet, sous mon genou et sur ma cuisse, en passant par mon bassin et mes côtes.

J'arquai le dos et gémis doucement alors que mes tétons frôlaient la manche roulée de sa chemise.

"Hé, ne triche pas!"

J'ai souri et léché mes lèvres, mais je me suis comporté et je me suis allongé.

Il s'écarta et je le sentis bouger au-dessus de ma tête.

Le stylo a tracé le bas de mon bras droit jusqu'à mon poignet et a effleuré mes doigts.

Il a dessiné des cercles sur ma paume ouverte avant de redescendre le long de mon bras.

La pointe a balayé mon épaule, le long de ma clavicule et sur ma gorge.

J'appuyai ma tête vers la gauche contre l'oreiller et soupirai alors qu'il traçait des motifs sur mon cou et me taquinait l'oreille.

Quand il a glissé la plume sous mon menton, j'ai incliné la tête de l'autre côté et j'ai encore soupiré alors qu'il répétait les mêmes mouvements sur tout mon cou, par-dessus mon épaule et sur mon bras et ma main gauches.

J'ai bougé mes doigts, le stylo glissant entre eux.

Il se leva, laissant mon corps supplier.

Mes doigts se sont serrés, faisant écho aux constrictions, au plus profond de moi.

Je léchai à nouveau mes lèvres, sentant mon cœur battre.

Heureusement, ce ne fut pas long.

Une nouvelle sensation, je suppose un foulard en soie, effleura mes doigts et mes deux bras en même temps.

Il couvrit mon visage, glissant lentement le long de mon nez et de ma bouche pour couvrir mon cou.

Quand il atteignit mes seins, je me cambrai en gémissant.

Il l'a frotté d'avant en arrière sur mes mamelons endoloris.

Puis l'écharpe a caressé mon ventre et mes hanches, caressant brièvement mon bassin en se dirigeant vers mes cuisses et mes pieds.

Il répéta le processus en sens inverse, prenant soin de s'arrêter aux zones où il gémissait de plaisir.

Et puis le foulard a disparu aussi vite qu'il est apparu.

J'ai entendu Harry fouiller dans un sac en plastique, puis il s'est de nouveau allongé sur le lit à côté de moi.

Il y eut un claquement qui ressemblait à un couvercle en plastique.

J'ai haleté quand quelque chose de froid a recouvert mon sein gauche.

Sa langue lécha mon téton avant de le sucer dans sa bouche.

"Ooh!" Je me suis cambré vers lui et il a obéi, faisant glisser sa langue sur ma poitrine, sa main en coupe la serrant.

Quand il a apparemment léché mon sein gauche, il s'est déplacé pour s'allonger sur mon côté droit et répéter le processus.

Je pouvais sentir la chaleur palpiter à l'intérieur de moi, suppliant d'être touché, et j'ai gémi.

«Je sais, Deb. Je sais. Il serra ma poitrine droite et tendit la main pour m'embrasser, plongeant sa langue dans ma bouche. "Mmm".

J'ai essayé le chocolat et j'ai gémi avec.

Il m'embrassa sur le menton et le cou, me caressant l'épaule.

Un filet de chocolat froid tomba sur mes lèvres et je les léchai avidement.

Son doigt se pressa entre mes lèvres, et je le suçai profondément dans ma bouche, en l'essuyant également sur le chocolat.

Puis la froideur coula le long de mon menton et de ma gorge.

Il a continué à travers le décolleté entre mes seins et a encerclé mon nombril.

Sa langue et ses lèvres suivirent lentement, me faisant trembler d'excitation.

Les matelas ont grincé pendant qu'il s'éloignait, puis j'ai entendu de l'eau courante dans la salle de bain.

Elle est revenue une minute plus tard, passant lentement un gant de toilette chaud sur mon cou, mes seins et mon ventre.

Le changement de température m'a fait haleter et mon corps a ondulé.

Il se coucha à nouveau sur mon côté gauche, sa main tendue sur mon abdomen.

Il me massa un moment, sa bouche recouvrant mon mamelon gauche, mordillant et suçant doucement.

J'ai essayé de me pencher pour passer mes doigts dans ses cheveux, mais mes mains ne pouvaient pas l'atteindre, me rappelant que c'était contenu.

Je me suis accroché à l'air à la place, essayant de presser mon côté contre lui.

Sa main glissa vers le haut et prit ma poitrine en coupe.

J'ai pleuré pour la morsure soudaine d'un glaçon frottant contre mon mamelon.

Je me suis éloigné, mais il n'y avait nulle part où aller.

De l'eau froide coulait sur ma poitrine, de la glace entourant lentement mon téton.

Cela faisait mal, mais la douleur soudaine devenait extrêmement agréable et je sentis la chaleur augmenter à nouveau entre mes jambes.

Je gémis, essayant de m'éloigner maintenant, serrant les poings.

"Chut. Chut".

Sa main libre se pressa à nouveau contre mon ventre, me tenant contre le lit alors qu'il suçait mon téton engourdi, léchant l'eau.

Il s'écarta et une serviette chaude couvrit ma poitrine tremblante.

J'aurais dû être prêt à ce qu'il se déplace vers mon sein droit, mais le glaçon en lui me surprit encore.

J'ai crié, et encore une fois, je gémissais et m'éloignais, malgré ses tentatives pour me calmer.

La vive douleur est revenue, serrant mon mamelon, engourdissant la peau autour de lui.

Lorsque la glace a fondu, sa bouche a léché et aspiré l'eau, puis la serviette m'a réchauffé la poitrine.

Ma tête était floue maintenant.

Elle ne pouvait pas croire à quel point elle était excitée, encore plus depuis le traitement à la glace.

Je me sentais un peu coupable d'avoir apprécié la brève douleur.

Le plaisir qui en résulta était incroyable.

J'étais content qu'Harry m'ait attaché les poignets.

Elle était sûre qu'elle aurait essayé de l'arrêter si elle en avait eu l'occasion.

Depuis combien de temps en sommes-nous là, de toute façon?

Mes pensées sont revenues au présent alors que la glace glissait entre mes seins.

J'ai crié et me suis cambré.

Harry prit mes côtés dans ses mains, me tenant contre lui alors qu'il faisait glisser la glace de haut en bas au centre de mon corps avec sa bouche, mes seins effleurant ses joues.

J'ai senti l'eau s'accumuler dans mon nombril, se répandre sur mes hanches.

Je ne pensais pas que mon corps pouvait arrêter de trembler.

Quand la glace a disparu, sa langue l'a remplacée, léchant ma peau maintenant brûlante sous la couche froide de glace et d'eau.

Ses mains bougèrent pour prendre mes seins, les pressant alors qu'il caressait le décolleté au milieu.

Il m'a fallu un moment pour réaliser qu'il était couché entre mes jambes.

J'ai instantanément amené mes genoux jusqu'à ses hanches.

C'était si bon recroquevillé contre moi là où j'avais le plus besoin d'être touché.

Je soupirai, à cause de la chaleur de sa masse dure évidente à travers son pantalon.

Son rire profond vibra dans ma poitrine.

"Ok. J'ai l'idée."

Il m'a relâché et a rampé loin de mes jambes.

Je me suis plaint de l'absence soudaine, mais sa main sur ma hanche a calmé mon corps tordu.

Ses doigts se frayaient un chemin entre mes boucles et ma peau chaude.

J'ai soupiré.

Mes jambes se sont de nouveau écartées.

Un de ses doigts pressé contre ma fente lisse, touchant brièvement mon clitoris.

Je roucoulai, écartant mes jambes.

Lentement, il caressa sa paume sur mes lèvres extérieures.

De temps en temps, il mouillait son doigt, le faisant glisser d'un bout à l'autre, me faisant haleter.

Sa main s'arrêta, prenant mon monticule en coupe, et deux doigts pressés, étirant ses lèvres gonflées.

Je retins mon souffle tandis que son pouce encerclait mon clitoris.

Et puis un doigt glissa plus bas.

Il a joué avec, traçant le bord de mon trou avide avant de passer à effleurer les parois de mes lèvres intérieures.

Mes hanches sursautèrent, essayant de le forcer à descendre et à entrer en moi.

Sa main libre pressa mes hanches contre le lit, puis il me caressa complètement la chatte.

Le talon de sa main reposait contre mon os pelvien alors que ses trois premiers doigts glissaient vers le bas, dans la vallée, et se recroquevillaient pour frotter contre mon clitoris.

Encore et encore.

C'était une sensation exquise, le faisant enfin me toucher, soulageant un peu la pression.

Mes mains se sont crispées, mon corps se cambre, luttant pour se libérer.

Je grognai, ramenant ma tête sur l'oreiller alors qu'il enfonçait deux doigts épais en moi puis suçait le mamelon entre mes dents.

Sa main accéléra, appuyant fort et profondément.

La tension dans mon ventre a augmenté et j'ai resserré mes cuisses autour de sa main en hurlant.

Sa main s'arrêta, mais ses doigts continuaient de bouger, toujours enfouis entre mes jambes.

Il a sucé ma poitrine alors que je chevauchais vers mon premier point culminant.

Quand j'ai repris mon souffle après avoir couru, il s'est éloigné.

Je l'ai entendu fouiller à nouveau le sac, puis il était allongé entre mes jambes, écartant mes cuisses.

Ma respiration s'est à nouveau accélérée lorsque j'ai senti quelque chose de froid et de crémeux se répandre sur ma chatte.

Je frissonnai et suçai ma lèvre inférieure, incapable d'empêcher mes hanches de se cambrer vers lui.

Ses doigts effleurèrent l'intérieur de mes cuisses, puis il pressa avec un doigt, le glissant dans ma chatte de haut en bas.

J'ai dégluti et pris une profonde inspiration juste pour qu'il glisse son doigt dans ma bouche.

Mes lèvres se refermèrent autour de son doigt.

Je gémis au goût de la crème fouettée avec une touche de mon propre jus de sexe.

Alors qu'elle suçait son doigt, il le caressa de l'intérieur et de l'extérieur, imitant ce qu'il avait fait auparavant en bas.

Il n'était pas difficile de penser qu'il faisait ça avec plus que ses doigts.

Le simple fait de penser au fait qu'il avait couvert ma chatte de crème fouettée et de deviner probablement pourquoi, d'après une expérience récente du chocolat, m'a fait haleter.

Il avait déjà joué avec moi plus de fois qu'il ne pouvait compter.

Et même si j'avais eu beaucoup de nouvelles expériences ce soir, je n'avais jamais imaginé un garçon me lécher là-bas.

Je l'ai senti s'asseoir sur le lit, sans me toucher.

Il grogna, long et bas.

C'était le son le plus sexy que j'aie jamais entendu, et je n'ai pas pu m'empêcher de le répéter.

La couche inférieure de la crème fouettée commençait à fondre et à couler autour de mon clitoris.

Je bougeai, gémissant doucement alors qu'il pressait plus de crème fouettée entre mes lèvres.

J'avais mis de la crème à raser là-bas quand j'essayais de me raser la chatte, et la sensation était tout aussi érotique maintenant, écrasant et caressant ma peau sensible.

"Nous devenons un peu combattant, non?"

J'ai émis un son inintelligible d'impatience et il a ri.

J'aimais autant son rire que son grognement sexy.

J'ai eu du mal à avaler, aimant ce qu'il me faisait mentalement et physiquement, malgré ma frustration intermittente.

Harry passa ses doigts sur ma poitrine gauche, le long de la lourde courbe en dessous, sur les vagues douces au sommet, soulignant l'aréole.

Il a pris une tasse et m'a massé la poitrine.

Son pouce et son index ont pincé mon téton.

Je me suis mordu la lèvre pour ne pas crier.

Il frotta doucement la bosse dure d'un côté à l'autre, puis aplatit sa paume contre elle, soulageant la douleur aiguë.

Sa main glissa le long de l'encolure au milieu et effleura mon sein droit.

Ses doigts me touchèrent à nouveau, électrisant ma peau, envoyant un nouveau feu entre mes jambes.

Quand il a pincé mon téton, je me suis roulé vers lui, souhaitant qu'il remette ma bouche sur lui.

"Très raisonnable."

Son souffle effleura ma joue, sa langue traça ma mâchoire, puis mon souhait se réalisa.

Ses lèvres se refermèrent sur mon téton et suça doucement la vive douleur qu'il avait créée.

Je me balançai d'avant en arrière en gémissant.

Je sentais la crème fouettée coller à mes cuisses maintenant, et je me demandais si j'avais oublié.

Je ne voulais pas qu'il arrête de me lécher la poitrine, mais soudain, je le voulais.

Je voulais savoir ce que ça faisait de voir sa langue me taquiner là-bas, comme il le faisait avec mon mamelon.

Ce que ça ferait d'avoir le bout de sa langue pressé en moi, ses dents mordant ma peau glissante.

Il passa à nouveau le plat de sa langue sur mon mamelon puis glissa le long de mon corps, embrassant, mordillant et léchant chaque centimètre carré de ma peau en cours de route.

En un rien de temps, j'étais allongé entre mes jambes.

Il m'embrassa sur les hanches puis fit glisser sa langue à travers la jonction entre mes jambes et mon bassin.

Il a ajouté une nouvelle couche de crème fouettée, puis ses bras s'enroulèrent autour de mes cuisses et les séparèrent.

J'ai gémi, mon corps a légèrement convulsé.

Je sentis son souffle chaud contre mes douces boucles.

J'ai pleuré quand sa langue est sortie et a touché mon clitoris.

J'ai écarté mes jambes et il a rapproché ma chatte nue de sa bouche.

Sa langue me lécha à nouveau et je gémis de soulagement.

Ses doigts massaient mes cuisses alors que je léchais plus profondément ma chatte.

J'entendis le doux son de sa langue léchant le mélange de mon humidité et de la crème à tartiner.

Sa langue était partout, sans manquer une fissure.

C'était un processus lent et tortueux, et j'ai prié pour qu'il ne s'arrête pas de sitôt.

Je me laisse aller, mes hanches tremblent sous sa bouche.

Quand il a sucé mon clitoris, j'ai encore crié.

Quand il pressa le bout de sa langue contre moi, je gémis.

Je ne pouvais pas en avoir assez.

Et je voulais y toucher plus que jamais.

J'ai maudit mes restrictions ... tout en augmentant le niveau d'excitation en même temps.

Je n'ai jamais ressenti une telle variété de sentiments à la fois.

Je suis venu une seconde fois quand son doigt a glissé à nouveau en moi.

Il me caressa à travers mon orgasme, sa bouche s'accrochant toujours à mon clitoris, son souffle chaud se mélangeant à ma propre chaleur et humidité.

Je descendais de mon apogée quand j'ai senti le glaçon et j'ai crié.

Je l'avais poussé en moi, et l'eau froide coulait entre mes fesses.

Ses doigts se pressèrent, tenant la glace en place, laissant ma chaleur la faire fondre.

Je sentis mes muscles se resserrer autour de ses doigts, et il les caressa lentement de l'intérieur et de l'extérieur en même temps que mes cris.

Un autre glaçon a rejoint la scène, cette fois contre mon clitoris.

Je suis tombé dans un autre orgasme, ma tête roulant d'avant en arrière entre mes bras levés, sentant la glace et ses doigts me caresser.

Sa bouche lécha à nouveau ma chatte alors que je me tortillais sous lui.

D'une manière ou d'une autre, mes doigts ont réussi à saisir l'oreiller.

Je pense que j'ai hurlé des jurons parce qu'Harry a gloussé et a dit quelque chose à mon sujet comme «tu es une mauvaise fille», le son vibrant contre ma peau.

Finalement, il m'offrit un peu de soulagement et s'éloigna, abaissant mes jambes sur le lit.

J'étais haletante, les yeux serrés.

Mon corps était en feu, comme si rien de ce que j'avais fait jusqu'à présent ne l'avait complètement satisfait, et pourtant je me sentais épuisé.

Sa bouche couvrait la mienne.

J'ai réussi à trouver assez de force pour l'embrasser en retour, savourant et sentant mon propre musc doux sur ses lèvres.

CHAPITRE IV

J'ai dû m'endormir parce que ma prochaine pensée fut de me demander pourquoi j'étais couché sur le ventre sur le ventre.

Mes poignets étaient toujours attachés à la tête du lit, au-dessus de ma tête.

J'avais toujours les yeux bandés et toujours nue, mais je m'étais retournée.

Je soupirai, sentant mes seins se presser contre le drap chaud, mon visage recroquevillé sur un oreiller posé entre ma tête et mes bras.

Il pouvait maintenant atteindre les lattes de bois de la tête de lit.

Je les attrapai légèrement, sentant ma sueur et mon parfum sur l'oreiller.

J'étais sur le point d'appeler Harry quand j'ai senti un liquide chaud sur mes omoplates, puis la sensation de mains répandant le liquide sur ma peau.

Ça sentait la lavande.

«Bon retour, Deb. Tu as fait une petite sieste. Il se pencha et m'embrassa sur la joue. "J'ai profité de la situation et je t'ai relocalisé. Tu te sens bien? Tu as mal aux bras?"

J'ai souri et murmuré:

"Je ne vais pas bien".

"Bon."

Il m'embrassa à nouveau puis commença à me masser le dos et les épaules.

Ses doigts glissèrent sur la peau de l'huile.

Ses mains pressaient et tiraient doucement sur mes muscles, attirant des gémissements et des soupirs du plus profond de moi.

J'avais eu plusieurs massages auparavant, mais aucun n'avait été aussi sensuel.

Cela m'excitait plus qu'il ne soulageait en fait toute tension accumulée.

Ses doigts se sont déplacés vers la base de ma tête, massant mon cuir chevelu et derrière mes oreilles.

Je respirai lentement, me rappelant où mes doigts m'avaient massé.

Quand il a fini avec mon cou, il a levé ses bras vers mes mains.

Nos doigts entrelacés, enduits d'huile.

Il me serra les mains et redescendit sur mon dos et sur les côtés.

Je frissonnai quand ses doigts effleurèrent mes seins, frottant l'huile autour de ma poitrine là où ses doigts pouvaient atteindre.

Il gémissait maintenant, sentant le poids de son corps entre mes jambes, se pressant contre mes fesses.

J'ai frissonné quand j'ai senti sa bosse durcir, mais il s'est reculé, travaillant sur mes jambes maintenant.

Je gémis, enfouissant mon visage dans l'oreiller pour étouffer le son.

Il a terminé avec mes pieds et a lentement glissé ses mains le long de l'arrière de mes jambes, sur mes fesses, en appuyant sur l'arrière de ma taille, mes hanches et sur mes côtés.

Ses doigts effleurèrent à nouveau les côtés de mes seins, puis il se coucha sur moi, sa bouche contre mon cou.

Il repoussa mes cheveux et mordilla le lobe de mon oreille droite, me faisant gémir.

Je soupirai et bougeai mes fesses contre lui, sentant sa dureté palpiter en retour.

Elle ne voulait pas mendier et elle avait accepté de ne rien dire, mais elle avait chaud et était énervée malgré le massage.

J'avais besoin de plus.

«Harry? Je gémis et m'arquai à nouveau.

«Oui Debbie?

Cela avait l'air amusant.

Comme si je m'y attendais.

Il se pressa contre moi.

Grognai-je.

"S'il vous plait?"

Il m'a léché le cou.

"S'il vous plait que?"

"S'il vous plait..."

"Hmm?" Il se leva, j'entendis le murmure des vêtements, puis il s'assit à côté de moi, sa cuisse nue contre mon épaule.

Sa main caressa le bas de mon dos, caressant mes fesses.

«Qu'est-ce que tu veux, Deb?

Je n'ai pas pu respirer un instant, sachant que sa bite était là.

Je gémis puis mordis ma lèvre inférieure.

"Laisse moi te voir."

Il a enlevé le bandage et j'ai dû cligner des yeux plusieurs fois pour m'adapter à la lumière.

J'ai regardé son épaule nue et un tatouage de fil de fer barbelé entourant son biceps gauche.

Mes yeux se sont déplacés vers le bas, et j'ai senti quelque chose au fond de moi se tortiller de désir quand j'ai vu sa bite, dure et épaisse sur sa cuisse.

Il me désignait directement, la tête rouge vif.

Je retins mon souffle et tournai mon visage vers l'oreiller, saisissant à nouveau les lattes de la tête de lit.

"C'est tout?" Sa main se déplaça plus bas, caressant l'intérieur de mes cuisses.

Je me tortillai en gémissant.

"Ne pas."

«Que veux-tu d'autre, Deb? Sa voix était plus douce, plus rauque.

Je me suis forcé à avaler et j'ai fermé les yeux.

"Toi. Je te veux. S'il te plaît."

"Alors?" Ses doigts ont glissé dans mon humidité, frottant contre mon clitoris.

Je haletai, mes yeux s'ouvrirent.

D'une manière ou d'une autre, j'ai réussi à retrouver ma voix.

"Je veux plus."

Il me caressa lentement.

Ses doigts se sont enfoncés en moi.

"Alors?"

"Je veux plus."

J'ai eu du mal à mettre mes genoux sous moi, à écarter mes jambes et à le sentir plus profondément.

"Que dis-tu de ça?" Sa voix était un murmure chaud à mon oreille.

Je gémis quand je le sentis presser sa bite contre moi, la caressant d'avant en arrière entre mes lèvres extérieures.

"Oh s'il te plait oui!"

« Que veux-tu que je fasse ensuite, Deb?

Ma langue se figea.

Je pensais juste à des choses sales dans ma tête.

Je n'avais jamais imaginé dire de tels mots à voix haute.

Jusqu'à maintenant.

Mais je ne pourrais pas les dire.

Je ne pouvais tout simplement pas ...

Il se pencha sur mon dos, sa bite reposant entre mes fesses, et murmura à mon oreille:

« Tu veux que je te baise, Debbie? Tu veux que je ralentisse vraiment?

Je m'étranglai puis acquiescai si furieusement que mon cou me faisait mal à cause de l'effort.

Il gloussa, se rassit et agrippa ma hanche gauche avec sa main forte.

Je l'ai senti bouger sa bite jusqu'à ce qu'elle repose entre mes lèvres extérieures.

La pression a augmenté.

Mon corps tout entier se tendit.

Elle avait joué avec des jouets plusieurs fois, donc elle était habituée à la taille de sa queue.

Mais j'avais seulement imaginé ce que ce serait de se sentir réel en moi.

En dépit d'être excité et dilaté, je m'inquiétais toujours de la douleur.

Il a poussé mes genoux avec les siens et ils ont glissé plus loin dans les draps.

Il pressa à nouveau, et cette fois il entra.

Je m'étranglai à nouveau, enfouissant mon visage dans l'oreiller, prétendant que c'était ses doigts au lieu de sa bite pour que je puisse me détendre.

Et juste comme promis, très lentement, pouce par pouce, il est entré dans ma chatte chaude et humide.

Je ne pouvais pas croire ce sentiment.

Il n'y avait aucune douleur.

Au lieu de cela, il y avait une forte chaleur lancinante.

Et le plaisir.

Oh quel plaisir!

Je pensais que ça ne s'arrêterait jamais, puis ça s'est arrêté, et nous sommes tous les deux allés très tranquillement.

«Est-ce que ça va Deb?

Une main tenait toujours ma hanche

L'autre caressa le bas de mon dos.

J'ai réussi à dire "Oui".

Il ne pouvait qu'imaginer notre scène érotique: moi à quatre pattes, mes poignets attachés au lit, mes fesses levées vers lui.

Il s'agenouilla derrière moi, sa bite enfouie au fond de moi, ses mains sur mes hanches.

Les tremblements me traversèrent.

Je ne m'étais jamais imaginé soumis ... jusqu'à ce soir.

Il a commencé à reculer.

Il se dirigea lentement, un peu à l'extérieur, de retour à l'intérieur; Il est sorti un peu plus, tout le chemin du retour, jusqu'à ce qu'il glisse pour que seule la tête de son membre reste à l'intérieur.

Ce fut une expérience impressionnante, et je ne pouvais que haleter avec peu de plaisir alors qu'il bougeait.

Ses deux mains agrippèrent mes hanches maintenant, et il me baisa lentement dedans et dehors, balançant mon corps d'avant en arrière contre lui.

Il a accéléré le rythme et je me suis retrouvé à bouger comme je le voulais.

Quand il appuya complètement, s'arrêtant pour donner une poussée supplémentaire, enfouissant ses couilles contre mes fesses, je gémis plus fort.

J'ai perdu la notion du temps, juste en profitant des sensations:

Ses mains sur mon corps.

Sa bite en moi.

Le son étouffé de lui glissant dans ma chatte.

Mon cœur battait dans ma tête.

Notre respiration lourde.

Je ne sais pas s'il a dit quoi que ce soit, mais j'étais tellement concentré sur la pression croissante en moi que je ne pense pas que je l'aurais entendu si je l'avais fait.

Il n'avait pas augmenté sa vitesse à tout moment.

Ainsi toute l'expérience s'est intensifiée, le plaisir gagné.

Il bougea légèrement, peut-être pour soulager la pression sur ses genoux.

Peu importe pourquoi il l'a fait, mais il s'est aussi déplacé à l'intérieur et j'ai crié, réalisant qu'il avait touché mon point G.

Il fit une pause dans sa retraite.

"Debbie? Est-ce que je t'ai blessé? Est-ce que ça va?"

"Là!" C'était tout ce que je pouvais dire, haletai-je dans ma gorge, le poussant silencieusement à continuer.

J'ai attrapé les lattes de la tête de lit et j'ai essayé de me pousser contre lui, mais ses mains m'ont arrêté.

Il a poussé en avant et j'ai crié quand il l'a frappé à nouveau.

"Là!"

"Ah. Je l'ai, Deb. Je l'ai."

Et il l'a fait.

Encore et encore, il se glissa profondément dans cet endroit parfait.

Le bord se rapprochait de plus en plus.

Et puis je me suis retourné, criant tout le chemin.

Je m'effondrai contre le lit, mais il continua à caresser, murmurant des mots d'encouragement.

Il comprenait à peine ce qu'il disait, mais sa voix grave était réconfortante.

Je sentis ses mains me serrer plus fort.

Ses hanches se sont écrasées dans mes fesses, un courant chaud est entré profondément en moi, j'ai pleuré avec lui, puis nous nous sommes arrêtés.

Étonnamment, elle a recommencé à me caresser, aussi lentement qu'avant, et j'ai eu un autre orgasme.

Alors que je me secouais sous lui, Harry tendit la main au-dessus de moi et délia mes poignets.

Je suis tombé de mon côté.

Il me ramena contre sa poitrine, toujours en moi.

Les larmes me sont montées aux yeux lorsqu'une de ses mains a couvert ma poitrine et m'a caressée.

Son autre main est tombée pour prendre ma monticule, ses doigts glissant entre mes cuisses pour frotter mon clitoris.

Et je suis venu pour la cinquième fois.

À un moment donné, j'ai retiré ses mains.

J'ai senti son sexe glisser hors de moi et se coucher contre ma jambe.

Il répandit des baisers sur mon omoplate et me tint en position cuillère contre lui.

Quand je suis revenu à la réalité et que j'ai repris mon souffle, je me suis retourné pour le regarder.

Ses bras s'enroulèrent autour de moi et m'attirent plus près.

"Nous n'utilisons pas le bain à remous," murmurai-je contre son épaule.

"Quoi, il n'y a pas assez de plaisir pour une nuit?" Il gloussa et pressa ses lèvres sur mon front, passant mes cheveux derrière mon oreille. "Le départ de la chambre n'est pas avant midi demain. Nous avons donc beaucoup de temps."

J'ai penché la tête en arrière pour pouvoir le regarder dans les yeux sombres.

Ils avaient l'air lourds, aussi endormis que les miens.

J'ai réussi à cacher mon bâillement avec un sourire.

"Bien, parce que je manque de vengeance et que je suis une salope."

FIN

www.ingramcontent.com/pod-product-compliance
Lightning Source LLC
LaVergne TN
LVHW040948150826
845672LV00002B/591

* 9 7 9 8 2 3 0 6 3 5 3 4 5 *